AF382697

LES GARDIENS DE L'ESPOIR

FSC
www.fsc.org
MIXTE
Papier issu
de sources
responsables
Paper from
responsible sources
FSC® C105338

D'après une idée originale de Florian Draven.

Scénario : Pascal Robby, Xavio Cloud et Florian Draven.
Personnages créés par : Pascal Robby, Xavio Cloud et Florian
Draven.

Dessin de couverture : Aline Berger.
Correction et mise en page : Carole Lau et Pascal Robby.

Édition : BoD – Book On Demand
12/14 rond-point des Champs Élysées
75008 Paris

FLORIAN DRAVEN XAVIO CLOUD

PASCAL ROBBY

LES
GARDIENS
DE L'ESPOIR

CHAPITRE 1
Une visite explosive

« 5h du mat', j'ai des frissons,
Je claque des dents et je monte le son
Seul dans mon lit dans mes draps bleus froissés
C'est l'insomnie, sommeil cassé. »

Toujours cette même musique pour se réveiller le matin. Six heures et le jour n'a pas vraiment envie de se lever que Robby est déjà sorti en caleçon de son lit. Il traverse le couloir pour aller dans son salon où plusieurs bibliothèques décorent les murs du sol au plafond de son appartement haussmannien, chacune remplie de livres en tout genre : langage des gestes, psychologie, hypnose, religion, économie, politique ou encore criminologie. Son bureau est recouvert de plusieurs cahiers éparpillés dont le contenu est au contraire très structuré et précis : schémas, notes agencées, codes couleur. Il jette un œil attentif sur toutes ces notes, puis se dirige dans la cuisine pour préparer un café. Pendant que le café coule, il en profite pour se diriger dans la salle de bain. Douche, séance de rasage, coiffe de la barbe et lunettes noires teintées, il est enfin prêt. Aujourd'hui, il commence une nouvelle journée en tant que consultant mentaliste[1] au sein de la Brigade Criminelle. Pour ça il n'a pas passé d'entretien d'embauche. Son ami Chris Gosselin a fait appel à ses compétences, ils se connaissent depuis plus de dix ans. C'est lui qui l'a encadré lorsqu'il était adolescent, et c'est à travers lui que Robby eut l'envie de faire des études en psychologie. En France, ce métier est très peu répandu contrairement aux États-Unis. Chris savait que de plus en plus de policiers se formaient en synergologie, une discipline qui permet de détecter plus rapidement les mensonges que n'importe quelle machine. Il a pensé que les facultés psychologiques de Robby étaient nécessaires au contexte actuel, pour élucider au mieux les enquêtes en cours et à venir. Robby se rend aux Batignolles, porte de Clichy à Paris. Il se retrouve dans le bureau du Commissaire Gosselin. Son visage est fermé et il semble moins jovial que d'habitude. Gosselin fait part de l'enquête sur laquelle il travaille en ce moment. Sa voix se fait basse et un sentiment de crainte se fait ressentir. Le jeune homme voit à quel point son ami est perturbé par cette enquête. Ils s'assoient. Le Commissaire pose sa tasse de café et en fixant Robby lui dit d'une voix tremblante :

---

1 **Mentaliste* (psychologie)** : le mentalisme (du latin mens, « esprit ») est une approche qui vise à comprendre le fonctionnement de l'esprit humain et plus particulièrement de la conscience en utilisant largement l'introspection. C'est en réaction à cette tradition que naîtront aussi bien le béhaviorisme que le courant psychanalytique.

– J'ai déjà entendu parler d'affaires dans ce genre-là mais à un niveau dégueulasse comme celle-ci... Jamais !

Robby se dit immédiatement que cette affaire était lourde psychologiquement et pas jolie à voir. Quelques minutes plus tard, Gosselin reçoit un coup de téléphone. Pendant qu'il parlait, Robby observait ses expressions faciales, et il pouvait y lire de la terreur et de l'angoisse. Après avoir raccroché, Robby lui demanda de quoi il s'agissait, Gosselin lui répondit que c'était le même taré qui avait remis ça. Il semblait si inquiet, qu'il dit même à Robby de venir plus tard sur une autre enquête ! Robby lui répondit avec un petit sourire en coin :

– Je suis venu pour éclairer ta lanterne non ?

Gosselin lui confirma que c'était le cas et qu'il espérait plus de réponses grâce à son aide.

Pendant le trajet, Gosselin était silencieux et Robby se pose beaucoup de questions. Après quelques minutes de route, ils arrivent dans une rue assez étroite, devant un vieux manoir style victorien. En descendant de la voiture, Robby dit à Gosselin en plaisantant :

– Tu vas me dire qu'il est hanté ?

– Tu ne crois pas si bien dire, lui répondit-il d'une voix inquiète.

La police scientifique est déjà sur les lieux, les visages sont fermés et froids. C'est sombre, sale et ça sent très mauvais. Certains policiers sortent en vitesse, le visage pâle et nauséeux. Gosselin récupère un feuillet auprès d'un de ses policiers arrivé en premier sur les lieux. Il donne à Robby une paire de gants médicaux et une crème à appliquer sous son nez, pour mieux supporter l'odeur, puis ils montent un vieil escalier et arrivent à l'étage. Une dizaine de corps sont alignés sur le sol.

Dévêtus, d'autres à moitié habillés, certains démembrés, une énorme quantité de sang jonche le sol et le mobilier tout autour, sous forme de giclées. Robby se sent mal, il s'appuie contre un mur. Pendant qu'il se ressaisit, il s'aperçoit que l'une des fenêtres est cassée. En s'approchant de celle-ci, il fait la remarque à Gosselin que si on a jeté quelqu'un ou que quelqu'un s'est défenestré ça n'aurait pas fait autant de dégâts ! En effet, le trou d'impact est immense, il manque même une partie du mur au-dessus de la fenêtre.

– D'après le rapport il y a rien en bas, réplique aussitôt Gosselin.

Robby observe les corps, les lieux. Il prend des notes, énormément de notes. Il demande au photographe criminologue de prendre en photos de nombreux détails. Peu après, il descend et se dirige vers l'arrière du manoir, il constate que le rapport dit vrai : ni aucun corps ni aucune trace ne sont présentes au sol. Il ne comprend pas, il manque des éléments. Quelque chose n'est pas clair dans la tournure des événements. Robby demande à l'un des policiers si une enquête de voisinage a été faite. Il lui répond que non. La rue qui longe le manoir semble vide, beaucoup d'anciens commerces et de maisons à l'abandon. Il y a juste un club plus loin au bout de la rue dont les lumières font penser qu'il y a de l'activité. Robby prend les coordonnées et se rend à ce fameux club. Arrivé devant, c'est un ancien commerce transformé en club d'arts martiaux, avec un appartement au-dessus. Robby entre. Les murs sont vieux mais c'est bien aménagé, propre, décoré avec des posters d'acteurs de films d'arts martiaux.

Des sacs et des bustes de frappe, des mannequins de bois[2], des tatamis et des kiai[3] se font entendre un peu plus loin. Robby suit donc ces cris venant d'une salle résonante. En entrant, une dizaine de jeunes saluent Robby, qui les salue à son tour. Il y en a de tout niveau, Robby le remarque à leurs ceintures en se frayant un chemin au milieu des deux rangées qu'ils forment face à leur entraîneur. Jogging et t-shirt noir, l'homme semble posé. Il possède un regard perçant, les cheveux minutieusement plaqués en arrière et rasés sur les côtés ainsi qu'une boucle d'oreille. L'homme salue ses élèves avant même que Robby ouvre la bouche, les élèves le saluent à leur tour et s'en vont. Robby se présente et se fait interrompre par l'homme en question :
– Qu'est-ce qu'un flic vient faire ici? réplique-t-il calmement avec un très léger sourire en coin.

Robby lui fait remarquer qu'il n'a aucune carte à lui présenter, qu'il n'est pas de la police mais qu'il travaille avec eux et qu'il est mentaliste. Pour le mettre en confiance, le consultant pose beaucoup de questions à son hôte : sur lui, sa salle et ce qu'il enseigne. C'est une technique qu'il a particulièrement affinée pendant son service militaire. S'intéresser à l'individu pour le mettre en confiance tout en analysant sa personnalité. L'homme

---

2 Le mannequin de bois est un instrument d'entraînement des arts martiaux chinois utilisé comme partenaire ou adversaire. Son usage est particulièrement associé au wing chun, bien qu'il soit utilisé par d'autres styles du Sud de la Chine (choy lay fut, mante religieuse...). Traditionnellement construit en bois, aujourd'hui ces mannequins sont parfois construits avec des matériaux modernes comme le plastique et l'acier.

3 **Kiai** (japonais), Chi-yi ou Qi-i ou Fa-sheng (en Chine), Het (vietnamien) ou Kihap (coréen), désigne dans les arts martiaux, le cri de combat qui précède ou accompagne l'application d'une technique.

répond aux questions. Il s'appelle Raphaël, il a ouvert ce club il y a quelques mois et vit dans l'appartement juste au-dessus. Au bout d'un moment, il rétorque à Robby :
– Maintenant que tu m'as observé à travers ton numéro de psy, à mon tour. Sur le tatami ! dit-il d'un ton ferme.
Le mentaliste sourit et enlève délicatement son manteau et ses chaussures en dehors du tapis puis se met en garde. Raphaël commence par un terrible coup de pied circulaire que Robby évite de justesse. Raphaël semble surpris que son adversaire réponde coup pour coup et ne se laisse pas intimider. Robby enchaîne avec un crochet du gauche qui est esquivé grâce à une roulade. En se relevant, le professeur de Karaté réussit à faire tomber Robby au sol, qui se relève et ne voit pas le direct lui arriver brutalement dans la joue, Raphaël tente un coup de pied retourné mais Robby lui enchaîne un coup de pied brutal dans le dos, ce qui le fait tomber. Les deux hommes se regardent, la tension est palpable mais ils arrêtent le combat. Robby aide le professeur à se relever, ce dernier refuse :
– Tu te bats bien pour un psy, lance Raphaël.
– Mentaliste, pas psy. Oui toi aussi... Sauf que tu te bats avec rage, ça te perdra.

Quelques heures plus tard, Robby mène ses recherches. Documents de la mairie sur le manoir, renseignements sur les propriétaires, photos des corps, il passe tout au peigne fin. Quelque chose ne va pas, certains éléments ne collent pas. Il se rend compte au bout d'un certain temps qu'il y a un bâtiment dont la croix domine la vue, pas loin du manoir où ont eu lieu ces atrocités. Il décide de s'y rendre. S'il n'y avait pas cette énorme croix sur le toit, ce serait un immeuble quelconque. En entrant, c'est calme. Avec plusieurs dizaines de rangées de chaises vides, la salle ressemble plus à une grande salle de séminaire vide qu'à une église qui date de plusieurs siècles. De grandes fenêtres donnent sur la rue et l'on peut admirer le vieux manoir. Robby entend des bruits de pas derrière lui. Il s'arrête et entend :

– Vous semblez chercher quelque chose ?

Robby se retourne et tombe nez-à-nez avec un homme aux cheveux en brosse qui porte un beau costume noir avec une chemise bordeaux. S'il n'y avait pas cette croix de Jésus-Christ qui orne sa poitrine, il ressemblerait plus à un directeur de cabinet de ressources humaines qu'à un homme d'Église. Le consultant lui explique la raison de sa visite et se présente. Sans entrer dans les détails glauques, il lui fait part des éléments dont il dispose. Ryo, pasteur de l'église, parle de certains bruits terrifiants et inhabituels qu'il entend dans la rue en question depuis quelques semaines. Robby lui demande alors si d'autres personnes auraient pu entendre ces bruits ?

– Moi, résonne subitement dans l'église.

Les deux hommes se retournent et observent un homme aux cheveux plaqués en arrière, appuyé contre une colonne, vêtu d'un manteau trois quart en cuir noir, les bras croisés.

– Raphaël ! Ça fait trois jours que je ne t'avais pas vu... Comment vas-tu ?

– Comme on se retrouve, lance-t-il à Robby d'un petit air provocateur.

Ryo se dirige vers l'homme en cuir et parle avec lui quelques instants tout en laissant Robby observer la scène. Puis, Raphaël silencieusement s'en va. Robby demande alors à Ryo si Raphaël n'a jamais eu de comportement suspect. Le pasteur répond non, que derrière son apparence antisociale, il est très attentif aux autres. Il donne des leçons de Karaté aux jeunes, y compris ceux dont les parents n'ont pas les moyens de leur payer des cours. Il est en quête de réponses à cause d'une enfance quasiment inexistante. Il a été trouvé au milieu d'une forêt lorsqu'il avait à peine huit ans. C'est une veuve qui l'a recueilli et adopté. Aux premiers abords, il semble extrêmement méfiant et froid et se comporte comme un loup solitaire. Mais lorsqu'il a confiance en vous, il donnerait sa vie pour vous. Robby y voit un peu plus clair sur Raphaël. Ryo lui dit qu'il peut compter sur eux pour élucider cette affaire, car cela fait un moment qu'ils se posent des questions sur ce manoir. Le consultant lui donne sa carte de visite.

*
* *

Plusieurs jours passent, Robby enquête encore sur l'affaire du manoir. Il décide de retourner sur les lieux, en commençant par Raphaël car quelque chose l'intrigue chez lui. Arrivé au club, il n'y a personne. Robby se rend à l'église pour retrouver Ryo et lui demande s'il a une idée d'où pourrait se trouver Raphaël. Il lui indique qu'il a pour habitude d'aller se balader vers la zone industrielle. Robby remonte dans sa voiture et part en direction des vieux entrepôts. Parmi les usines désaffectées étendues sur plusieurs hectares, l'une d'entre elles accroche l'attention avec ses nombreux graffitis qui recouvrent les murs. Le mentaliste décide de s'arrêter. En se rapprochant de l'usine, il entend des cris. Il escalade un vieux conteneur et à travers une fenêtre cassée aperçoit...Raphaël, en train de se battre contre un homme, avec autour plusieurs personnes agitées, hurlants et brandissant de l'argent. Ils semblent prendre du plaisir à regarder deux hommes se taper dessus. Cette vision dérange et interroge Robby, qui malgré cette scène va attendre la fin du combat pour aborder Raphaël. Il l'attend donc à une sortie derrière l'entrepôt. Raphaël est très surpris. Énervé, il lui demande :

– Qu'est-ce que tu fous ici ? Tu me suis ?!

– Pas du tout, mais j'aimerais retourner au manoir avec toi et Ryo, car en vous observant, j'ai compris que des phénomènes vous intriguent depuis un moment...

– Tu veux y aller officiellement ou officieusement ?

– Officieusement.

– Ce n'est pas légal !

– Et ce que tu viens de faire sous mes yeux, tu crois que c'est légal ?

Raphaël lui sourit.

– Tu fais ça pour l'argent ou le plaisir, demande Robby ?

– À ton avis ? Lui répond Raphaël.

*

* *

21h14. Robby se gare devant l'église de Ryo. La nuit est déjà tombée, forcément en mars. Il patiente dans sa voiture. Une moto arrive à toute allure et freine bruyamment juste à côté de sa portière.

– T'es en avance le psy, lance le motard en relevant sa visière.

En entrant dans l'église, les deux hommes discutent.

19

– Heureux de voir que des liens se sont créés entre vous, leur lance Ryo en souriant.

Robby leur propose de faire un tour dans le manoir de façon non officielle. Ryo acquiesce silencieusement tandis que Raphaël ouvre légèrement sa veste et laisse paraître une arme à feu : un colt 45 chrome.

– Range moi ça ! Pas ici, lance Ryo en élevant le ton. Ne t'ai-je pas déjà dit que la meilleure arme était la foi ? Et n'allume pas ta cigarette ici !

– Ouais, ouais. C'est juste au cas où, répond Raphaël.

– Ça aussi c'est légal ? ironise Robby.

Arrivés devant le manoir, les trois hommes entrent en veillant à ce que personne ne les voit. Robby se charge des scellés de la police. Il fait encore plus froid à l'intérieur que dehors. Pas un bruit. Ryo fait remarquer qu'il y a des traces de pas... au plafond ! L'ambiance est pesante comme dans un bon film d'horreur. En bon solitaire, Raphaël indique qu'il va fouiller les pièces du bas. Même si Robby n'est pas favorable à l'idée de se séparer, il monte au premier étage avec Ryo et lance au professeur d'arts martiaux :

– Sois prudent, Karaté Kid !

– T'en fait pas le psy, vous aussi.

Avec la lampe de son portable, Raphaël avance doucement parmi toutes ces grandes pièces, l'odeur est encore forte. En avançant à l'étage, Robby pose encore des questions sur Raphaël, et s'intéresse à Ryo.

– Raphaël était très attaché à Matiya, sa mère adoptive. Écrivain, elle écrivait des livres pour enfants mais la pauvre femme est décédée d'un cancer quand il avait seize ans. Je sais ce qu'il a pu ressentir, et je comprends sa colère.

En continuant à marcher le plus silencieusement possible, le bruit d'une porte qui s'ouvre se fait entendre au rez-de-chaussée. Des bruits de pas... Plusieurs personnes semblent être entrées...

– Planque-toi, dit rapidement Robby à Ryo !

Caché derrière une commode près de la grande rambarde du palier en haut de l'escalier, Ryo aperçoit une dizaine de personnes, toutes vêtues de toges avec une grande capuche. Avec le peu de lumière qu'il y a, Ryo regarde Robby et l'éclairage de la pleine lune laisse apparaître la terreur dans le regard de Ryo. Raphaël lui aussi a entendu les bruits de pas, il veut éteindre à toute vitesse sa lampe... Mais c'est trop tard, il s'est fait repérer. Cinq intrus courent vers lui sauvagement, Raphaël lâche son téléphone qui tombe sur le sol mais la lumière ne s'éteint pas. Il en attrape un par le dos et avec une pression sur l'estomac, le retourne brutalement vers l'avant, le laissant tomber lourdement au sol. Un deuxième parvient à mettre un crochet à Raphaël, qui fait saigner sa lèvre. Énervé, il lui enchaîne deux Jodan-Zuki et un coup de pied retourné qui envoie son adversaire s'écraser dans une table basse en verre qui se casse sous son poids. Le troisième quant à lui projette Raphaël dans une grande vitrine en verre qui s'effondre en mille morceaux à l'impact de ce dernier. En se relevant avec un saut de carpe, il cogne brutalement plusieurs fois de suite le visage de son adversaire contre une table en chêne. Au même moment, cinq autres individus montent à l'étage pour vérifier qu'il n'y ait personne d'autre. Les nuages se dissipent et la lumière de la lune fait apparaître à l'étage

Ryo et Robby. Le consultant effectue un ikkyo[4] sur le premier qui se jette sur lui, le second se prend un Mawashi-Geri en plein dans le visage qui le fait passer par-dessus la rambarde et s'écrase violemment sur le dessus d'une bibliothèque, sous le poids il passe à travers toutes les étagères et atterrit sur le sol avec en prime les étagères fracassées et les livres sur lui ! Ryo, lui, en balance un par-dessus la rambarde qui s'écrase contre un gros coffre en bois ! Il se retrouve à terre dû à un coup de genou dans la cuisse, mais Ryo enchaîne des techniques de combat redoutables au corps à corps. Pendant ce temps, Raphaël ne parvient pas à prendre le dessus, il se cache derrière une vieille armoire. Lorsque l'un des intrus passe devant lui, Raphaël sortant de la pénombre braque son colt sur le crâne de l'agresseur... Mais au même moment l'un d'eux plante une seringue dans le cou de Raphaël. Ryo et Robby s'évanouissent aussi... Ils viennent d'être projetés à leur tour par-dessus la rambarde.

*
* *

Le sang... ça sent le sang. Il fait froid... ça tourne, la tête est douloureuse... Et les yeux piquent… Robby, Raphaël et Ryo sont attachés par les poignets, leurs vestes leur ont été enlevées... Pas un bruit, mais des cadavres dénudés, mutilés sauvagement jonchent le sol. Un individu de grande taille vêtu d'une toge pourpre arrive devant eux en ricanant sournoisement. Il les fixe un par

---

4 **Ikkyo :**Technique d'immobilisation en Aïkido

un, et en attrapant dans sa main le visage de Raphaël, d'un ton menaçant :

– Que faîtes-vous ici ?

– Va t'faire foutre, lui répond calmement Raphaël.

L'individu lui met un grand coup-de-poing dans le visage. Ryo se met à prier. Robby reste stoïque. Le grand individu se met à rire et disparaît dans la pénombre... La lumière s'éteint.

– Ça va les gars ? J'ai l'impression qu'on est au sous-sol, lance Robby.

À peine terminé sa phrase, les corps qui recouvrent le sol s'embrasent brusquement. Tous les trois prennent peur, quand subitement une sorte d'ombre noire apparaît devant eux... Un visage très difficilement visible... Comme si cette ombre flottait en mouvement perpétuel, des yeux indéfinissables, une voix très menaçante, glauque.

– Toi le renégat je te connais... » Lance-t-elle à Raphaël, je vous enverrai toutes mes armées pour vous tuer, pour prendre toutes les âmes de cette terre et pouvoir revenir...

Puis l'ombre disparaît aussi vite qu'elle est apparue. Le grand individu en toge pourpre réapparaît au loin, seules trois lueurs violettes parsèment son visage. Avant de disparaître, il pousse un vieux chariot grinçant qui roule lentement vers eux. Dessus est posé une grosse caisse métallique avec un compte à rebours. Raphaël, jurant de tous les noms, tire de toutes ses forces pour tenter de briser les chaînes mais rien à faire. Robby et Ryo font de même et ce dernier poursuit toujours ses prières.

Une voix à l'étage se fait entendre :

– Robby ! T'es où ? Robby !!!,

– Ici ! Le sous-sol !

Il s'agit du commissaire Gosselin !

– Comment t'as su que je serai là ? demande Robby.

Le commissaire lui répond qu'il le connaît bien, qu'il le sentait tellement intrigué par cette première affaire et surtout tellement têtu ! Il demande également qui sont les deux hommes qui l'accompagnent.

– Si ça t'gênes pas on fera les présentations plus tard ! lance Raphaël.

Gosselin casse alors avec un parpaing le tuyau où ils sont tous attachés. Il les libère avec des clés de chaînes posées sur la table à côté d'eux et ils courent vers le rez-de-chaussée. Raphaël se jette à travers une fenêtre où Ryo le suit. Quant à Robby, il ouvre la porte d'entrée, se jette au sol en entraînant Gosselin par le bras. La maison explose de tous les côtés, les vitres volent en éclats, embrasant les arbres qui arborent le manoir. Les quatre hommes sont soufflés par la déflagration et tombent violemment sur le sol. Secoués, choqués, blessés mais vivants.

CHAPITRE 2
Un sermon agité

10h07, bureau du commissaire. Après avoir passé la nuit en détention provisoire, les compagnons d'un soir se retrouvent tous les trois assis devant Gosselin en train de peaufiner leur déposition.

– Dis-moi, tu nous as sorti du pétrin dans le manoir, mais tu nous as quand même mis en détention provisoire. Tu peux me dire pourquoi, lance Robby à son ami ?

– J'ai pensé que vous mettre ensemble pour une nuit vous ferait du bien, réplique ironiquement le commissaire, et puis c'est bien que tu développes ta vie sociale ! Et ça t'apprendra à revenir sur une scène de crime sans un officier pour t'accompagner.

– C'est vrai que se faire molester par une dizaine d'individus, être attachés dans un sous-sol et attendre d'être cuits comme des saucisses, ça aide à développer sa vie sociale, dit Raphaël avec le visage en coin. »

L'homme d'église reste renfermé dans ses songes, le regard lointain qui se rumine la nuit passée. Se faire rouer de coups par plusieurs individus dans un manoir où des gens sont morts, c'est risqué. Être attaché dans un sous-sol avec des cadavres mutilés et démembrés, ça devient glauque. Voir des corps brûler spontanément et une ombre démoniaque menaçante, c'est de l'ordre du surnaturel... ou de la fiction. Pourtant, c'est le compte rendu final qui se trouve sur la table de Gosselin. Perplexe, il décide de relâcher les trois compères en début d'après-midi.

*
* *

Les frites industrielles du fast-food et les sachets de ketchup n'ont pas l'air d'avoir entamé la faim de Raphaël. Installés près d'une fenêtre qui donne sur la rue menant au dojo et assis sur une table, Robby écrit une multitude de notes dans ses carnets. Accompagné du bruit des frites et du burger dévorés par le rebelle en cuir noir et d'un pasteur qui remue un café refroidi par les souvenirs de la veille, Robby pose la main sur le bras du religieux :

– C'est pas en regardant dans le vide que tout va s'arranger.

– Qui est le gars en toge ? Et cette ombre, était-elle réelle ?

– Quand nous étions dans le sous-sol, j'ai observé la tenue de notre hôte et j'ai remarqué plusieurs détails. Il était beaucoup plus athlétique que nos agresseurs, il portait des chaussures militaires et pas n'importe lesquelles : des chaussures uniquement utilisées par les unités du GIGN.

Pendant mes études, j'ai eu l'occasion de faire un stage auprès des négociateurs du GIGN. Ils portaient tous ce type de chaussures.

– Et tu peux déduire ça uniquement avec une paire de pompes ?

– Tout comme je peux déduire que Raphaël finira avec un triple pontage avant ses 50 ans s'il continue à bouffer comme un goinfre.

– Ehh, en plus d'être psy, t'es aussi docteur ?, répond Raphaël avec quelques frites collés sur le coin des lèvres par le ketchup.

– Et ces gars, ils cherchaient quoi dans le manoir ? questionne Ryo.

– Il paraît que le meurtrier revient toujours sur la scène du crime. La question est: Qu'est-ce qui le motiverait à revenir ? »

Le mentaliste fixe ensuite du regard l'homme de Dieu et lui demande s'il connaît les propriétaires du manoir, car parmi les victimes aucune n'habitait dans les alentours. Ryo propose de le revoir demain à l'église pour la prédication de 11h. Il y aura du monde et parmi eux les propriétaires du manoir. Il saisit ensuite la main de Raphaël « N'oublie pas, demain ».

*
* *

Dimanche, 10h30, devant l'église. Beaucoup de monde. Et du beau monde. On se demande si on assiste à une messe ou une rencontre entre hommes d'affaires. Les limousines et les taxis rythment l'animation devant l'entrée de l'église. Les costumes cravates et les tailleurs

27

chics se côtoient étrangement et harmonieusement avec les riverains et il est difficile de savoir qui l'emporte sur le nombre. Robby observe la foule avalée par l'entrée du salut et de la rédemption. Il est rapidement rejoint par Raphaël. Debout et les mains accrochées à son pupitre, l'homme en noir commence son sermon. À la droite de l'autel, le mentaliste scrute minutieusement la salle et deux choses retiennent son attention : une armée de gorilles entoure le public en transe sur les chaises en mousse, avec les lunettes noires dirigées sur une seule personne. Raie sur le côté, gomina en excès, costume blanc nacre et gant de cuir à la main gauche et converses noires...un style vestimentaire discutable, mais assurément la personne qu'il ne faut pas bousculer de trop près. Quelques rangées plus loin, une ravissante femme aux cheveux lisses roux, habillée d'une robe noire moulée à sa silhouette, avec les épaules dénudées qui laissent échapper un cobra noir dont la queue débute à gauche et la tête apparaît sur son épaule droite. Son visage d'ange, son reptile de compagnie et sa tenue sombre illuminent tout l'arrière de la nef. Robby demande à Raphaël :
– Tu sais qui c'est le Don Corleone habillé par Desigual ?
– Tout le monde l'appelle Panama, à cause de son look sorti de nulle part, murmure le prof de karaté. Il possède tous les bâtiments du quartier, et cherche à étendre son influence sur toute la ville. Le plus étonnant, c'est qu'il y a encore quelques mois, personne ne le connaissait et du jour au lendemain, il achète tout un quartier. Personne ne lui parle en face, les gens baissent la tête devant lui et il y a toujours un garde pour le protéger, même pour aller aux toilettes. La seule personne qui ose le regarder en face sans avoir peur de ses gardes, c'est Ryo.

- D'où se connaissent-ils ?
- Aucune idée ! Mais Ryo est la seule personne à qui Panama donne son respect…

Brusquement, on entend le bruit d'une vitre brisée. La foule s'agite et fait du brouhaha. Tous les gorilles forment un cercle afin de protéger leur boss alors que la jolie rousse au cobra reste totalement calme au milieu de la foule. Puis une autre vitre se brise et de la fumée commence à inonder toute l'église. Plusieurs personnes se ruent à la sortie afin d'échapper aux lacrymogènes. Pendant que Robby, Ryo et Raphaël orientent les dernières personnes vers la sortie, il est devenu totalement difficile de se déplacer dans la salle sans avoir les yeux qui piquent ou tousser jusqu'à s'étouffer, sauf pour Raphaël étrangement. Pourtant, des bruits de pas lourds commencent à remplacer le silence de l'église. Des types habillés comme des militaires et armés de fusils d'assaut...et la jolie rousse au milieu de ces soldats ! Nos trois acolytes commencent à accourir vers elle, mais ils sont rapidement arrêtés par des soldats pointant les fusils dans leur direction. Devant elle se trouvent deux corps sans vie :
– Qui êtes-vous, crie Robby ?
– Oohh, un trio bien téméraire. Et qui vois-je, désignant Raphaël ? Cela fait bien longtemps.

L'œil rebelle et taquin s'est obscurci. Ce n'est pas le prof de karaté que Robby a rencontré, c'est quelqu'un d'autre. Quelque chose d'autre. Raphaël se met à murmurer :
– Pardonne-moi, Maman...

Il fonce tout droit vers la jolie rousse. Avant que les soldats aient pu tirer sur le rebelle, ils sont percutés de

chaque côté par Robby et Ryo avec les chaises de l'église comme bélier :
– Vas-y on gère, balance Robby à Raphaël. »

Le prof de karaté, mâchoire et poings serrés se retrouve face à face avec la jolie rousse tatouée. Et il commence par une série de coups-de-poing rapides et très lourds, puis par plusieurs coups de pieds donnés avec force et détermination. La demoiselle en noir esquive avec une facilité déconcertante et enchaîne sur un low kick qui met à genoux Raphaël et elle suit avec un coup de genou dans le menton qui renverse son adversaire. Il se relève difficilement mais fonce tout droit. Après être monté sur une table puis enchaînant sur un salto pour se retrouver derrière la rousse, il arrive à la saisir par la taille et à la projeter violemment contre un mur. Elle se relève :
– Tu as fait des progrès depuis la dernière fois, tu n'aurais jamais osé faire ça avant.
– Tu vas pas m'échapper.

Avant même que le combat reprenne, la lumière du jour disparaît et les soldats se sont soudainement arrêtés et mis au garde à vous. Et cette voix...glauque et menaçante :
– Ça suffit, la mission est accomplie.
– Bien majesté, répondent en chœur les soldats. »

Ce fut le noir complet pendant une poignée de secondes qui suffit à faire disparaître les mercenaires et la jolie rousse. Les seules traces d'une confrontation dans l'église sont deux vitres cassées, des chaises retournées et deux cadavres gisant au sol. Le quartier est encerclé par les voitures de police et les ambulances. Beaucoup de blessés parmi les gens venus au culte, et des agents qui recueillent les témoignages des personnes traumatisées. Assis à l'arrière d'une ambulance, les trois rescapés se font soigner par des secouristes. Quelques bleus sur les bras et les jambes rappellent que la prédication du dimanche fut animée. La victoire revient à Raphaël avec un bel œuf sous la fossette droite et le coin de la lèvre en sang. Ryo lance un regard noir vers le visage tuméfié et dit :

– Tu n'apprendras jamais à te contrôler, ça aurait pu nous coûter très cher !

– Ne la ramènes pas avec tes sermons, écartant d'un mouvement de main la petite pique de Ryo.

- Je sais pas pourquoi tu en as après elle, mais c'était pas une raison de mettre nos vies en danger.

– T'aurais voulu que je reste calme après ce qu'il s'est passé ?

– La colère a un prix que tu auras beaucoup de mal à accepter. Et je sais de quoi je parle.

Un long silence de plusieurs secondes. Robby écoute attentivement et ne perd pas un œil sur ce qui se déroule pendant qu'on lui met le dernier bandage. Une main agrippe son épaule et le tire en arrière. Il se retourne et a juste le temps d'esquiver une claque. Le commissaire Gosselin regarde Robby droit dans les yeux et sort :

– Tu peux m'expliquer comment tu fais pour te retrouver sur une scène de crime ?

– Jusqu'à ce que tu arrives, ce n'était pas une scène de crime, répond-il ironiquement.

– Exact. On attend encore confirmation mais d'après plusieurs témoignages, il semble que ce soit les propriétaires du manoir. Tu peux me dire ce que tu as fait ces dernières vingt-quatre heures ?

Il lui rapporte strictement tout ce qui s'est passé depuis la veille. Le commissaire lui demande ce qu'il pense de ses deux camarades. Avec certitude, le mentaliste affirme qu'ils sont innocents dans ce qui est arrivé, mais par plusieurs aspects, ils sont liés à l'affaire. Il demande à son ami de lui laisser gagner leur confiance et de continuer ses recherches. Revenant vers ses amis, il leur annonce l'identité des deux victimes. Le pasteur, attristé, demande ce qu'il va advenir maintenant. Robby commence alors à partager ses observations et leur explique son rôle de consultant auprès de la police. Il leur parle de son don particulier qui permet de déterminer le profil psychologique d'un individu et de sa capacité à lire le langage non verbal. Ainsi il leur partage ses différentes analyses. En ce qui concerne Raphaël, c'est un individu sanguin qui peut très facilement se laisser envahir par ses émotions. S'il continue dans cette voie, il risque d'être consumé par son désir de vengeance. D'ailleurs pendant le combat, Robby a observé la manière dont il s'est emporté face à la belle rousse. Cette fille semble plus jeune que lui et elle se battait exactement de la même manière que Raphaël. Le mentaliste suppose qu'ils sont tous les deux liés. Quant à Ryo, il devine un homme hanté par le passé, par des regrets et des remords qui le rongent de l'intérieur et dont il n'arrive pas à se pardonner. Et que le seul moyen de trouver la rédemption ironiquement est d'enseigner aux brebis égarées la voie de Dieu. Le consultant a également noté sa manière de se déplacer et de se battre, qui ressemble comme deux gouttes d'eau aux gorilles de Panama. Ce même personnage que seul Ryo ose regarder en face, ce qui lui laisse supposer qu'ils se connaissent très bien et qu'il fait le pari que l'homme de Dieu a été le bras droit de Panama. Les deux hommes soupirent en regardant le sol ensemble. Et cette longue démonstration se termine par :

– Bien évidemment, ce ne sont que des hypothèses. Mais quand j'observe vos tronches, j'ai l'impression de ne pas vraiment me tromper.

– Connard de psy, crache Raphaël en tournant la tête !

– Qu'attends-tu de nous maintenant ? Demande Ryo en relevant la tête.

– Tu connaissais bien les propriétaires du manoir. Que peux-tu me dire à leur sujet ?

Thomas et Eléonore Maurin ont acheté ce manoir il y a plus d'une trentaine années. Ils possèdent plusieurs propriétés dans le sud de la France et ne reviennent dans le coin que de temps en temps. C'est un couple charmant connu pour leur discrétion malgré leur imposant manoir. Ils sont appréciés par tout le quartier. Cependant depuis plusieurs mois, Panama leur faisait une offre pour racheter leur manoir, proposition qu'ils ont toujours rejetée jusqu'à aujourd'hui. Robby le questionne encore pour savoir si Panama a reçu d'autres refus. D'autres personnes ont effectivement refusé l'offre et Ryo affirme ne pas les avoir revues à l'église. Le consultant appelle alors le commissaire Gosselin pour lui demander le compte-rendu du médecin légiste.

CHAPITRE 3
Reconnaître le doute

Quelques jours plus tard, Robby frappe à quelques portes, histoire de récolter de nouvelles informations. Gosselin lui a fait une mise à pied l'écartant donc de toutes nouvelles informations sur l'enquête. En fin de journée, après avoir rempli quelques feuilles dans son carnet, il passe devant chez Raphaël. S'arrêtant quelques minutes en fixant les fenêtres au-dessus du dojo, il décide après une courte hésitation de frapper à la porte. Pas de réponse. En haut une fenêtre s'ouvre :

– Hé qu'est-ce que tu fous là le psy ?

– Je viens changer ton pansement, voyons !

– T'es aussi comique ! Un vrai couteau suisse multifonction. J'arrive.

En ouvrant la porte, il tend sa main à Robby, qui surpris lui rend la pareille. En montant l'escalier, Robby remarque qu'un chat noir et blanc suit le rebelle et qu'un Berreta 92 est glissé dans son pantalon en cuir.

– Faut croire que t'as toute une collection !

– Quand on aime on ne compte pas, répond Raphaël avec une cigarette aux bords de ses lèvres déjà guéries, comme le reste de son visage.

L'appartement est vieux, les murs laissent apparaître des briques ainsi que des croquis de femmes dénudées, de villes en ruines et de manga. Une cheminée encore un peu fumante, du parquet abîmé, des étagères remplies de VHS et de DVD, plusieurs objets et livres de diverses origines, des objets religieux de sa mère et une odeur de vieille maison sont présents. Plein de goodies de cinéma sont disposés un peu partout.

– Je pensais pas que tu m'ouvrirais, lance Robby.

– En général je peux pas blairer tout ce qui est psy et compagnie. Mais toi, tu m'inspires confiance.

Robby reste silencieux.

– Mais ton pote poulet, lui je le sens pas.

– T'es parano ! Je le connais depuis des années. Il est comme un père et y a pas plus réglo et intègre que lui.

– Je vois, alors qu'est-ce que t'as appris de nouveau ?

– J'ai été mis à pied par Gosselin,

– Ah ah ! Tu vois, qu'est-ce que je disais !

– Ça ne prouve absolument rien.

Raphaël l'invite à s'asseoir sur une chaise et lui sert un café, avant de décapsuler sa bière.

– T'aimes les fleurs ? lance Raphaël à Robby.

– Je savais que tu m'avais dans l'œil, mon coquin !

– Pffff mais non ! Regarde ça fait trois jours que ce camion du fleuriste est garé devant chez moi.

– Vu tous les DVD qui traînent ici, je pense que tu regardes trop de films.

– Peut-être, mais c'est louche quand même et je suis sûr que c'est pareil pour toi et Ryo, ils nous surveillent. En plus, le fleuriste c'est cliché !

Une vingtaine de minutes plus tard, Robby redescend l'escalier et au milieu des marches dit :

– Je vais sûrement aller voir Ryo pour voir où il en est de son côté, car il doit être déstabilisé lui aussi.

– Qu'est-ce qui te fait croire qu'on l'est ?

– Ton tableau en bas. Vu l'heure qu'il est, tu devrais être en train d'enseigner mais tu as annulé tous tes cours.

Raphaël reste sans voix.

*
* *

Dans la soirée, Robby seul dans son appartement face à son bureau repense à la paranoïa de Raphaël. Le lendemain dans la matinée, il se rend chez le religieux. Ryo est en train de discuter avec des gens venus prier. Les deux hommes se mettent à discuter sur des chaises.

– J'ai une question, Padre. Ton nom est japonais, tu te bats comme un karatéka, tu as le faciès d'un français et tu es pasteur. Tu peux m'expliquer le concept ?

L'homme de foi sourit et il se met alors à parler de lui. Né en France, Ryo a cependant passé une bonne partie de son enfance entre l'Hexagone et le Japon. Son père, gérant automobile, avait dégoté un contrat avec une marque japonaise et a rencontré sa future femme quand il s'est installé au Japon. Plusieurs années, après avoir eu le Bac à Paris, il est parti étudier sur l'archipel nippon. Il a obtenu un métier qui paye bien à vingt-deux ans, mais rapidement   le commerce dans lequel il travaillait était menacé à cause d'une guerre de gangs entre Yakuzas. En outre, ces derniers n'appréciaient pas trop que des gaijins[5] comme Ryo se fassent de l'argent sur leur territoire. Puis un jour, il est rentré dans une église évangélique au Japon, et il a tout de suite senti l'appel du Seigneur. Il prit au sérieux la foi et se dirigea vers des études de théologie. Quand il est devenu pasteur, on lui a confié une église à mener. Il prit soin des gens brisés par la vie et pour les aider à avoir un nouvel espoir. Après une vingtaine de minutes à l'écouter parler, le mentaliste place enfin une phrase.

– Pour un pasteur qui doit garder confidentiel les péchés de ses fidèles, tu avais un gros besoin de te confier, fait remarquer Robby. Qu'est-ce que t'es bavard !

– Heu...peut-être, bégaye Ryo. J'ai pas l'habitude de parler autant de moi. Ça fait quoi de jouer les confesseurs ?

– Je suis plus proche du psychologue d'après Raphaël.

– Je ne comprenais pas pourquoi Raph t'appréciait autant. Tu sais mettre les gens en confiance très rapidement. C'est un vrai don de Dieu.

– Une vraie croix à porter aussi.

*
* *

Deux jours plus tard, Robby reçoit un coup de fil de Gosselin. Il se rend donc aux Batignolles. En arrivant, il remarque que toutes les personnes qui travaillent ici ne

____

5Gaijn : terme japonais qui signifie littéralement « *personne qui vient d'un pays étranger* ». Désigne les étrangers au Japon.

cessent de le dévisager. Dans le bureau du commissaire, l'ambiance est tendue.

– Tu me fais une mise à pied et maintenant tu me convoques.

– C'est pas aussi simple. Je t'ai mis à pied pour éviter que tu fourres ton nez là où il vaudrait mieux pas, et j'ai falsifié vos dépositions, sinon y aurait des « hommes à la cigarette » qui vous auraient rendus visite !

À ce moment-là, Robby repense brièvement à la paranoïa de Raphaël.

– Toi et tes deux acolytes, vous cherchez ce que beaucoup n'osent pas chercher... Vous me faites penser à moi il y a quelques années.

Le commissaire sourit à Robby qui lui sourit à son tour.

– Mais avec le temps je me suis assagi. Écoute Robby, j'ai contacté un ami de longue date il y a quelques jours, il a localisé tout ce beau monde présent à la messe l'autre jour.

Léon Castin est un vieux de la vieille. Gendarme de père en fils, il a rapidement été repéré pour intégrer le GIGN pour son sang-froid lors de situations extrêmement dangereuses. Il faisait notamment parti de l'équipe qui a sauvé l'équipage du vol 8969 en 1994. Ce sang-froid à l'épreuve des balles lui vaut plusieurs médailles, dont la légion d'honneur remis par le Président Jacques Chirac en 1996. Après des années de loyaux services, sa hiérarchie le recommande à la place Beauvau pour lui proposer la direction de la FOR (Force Observation Recherche)[6]. Sa

---

6 FOR : La Force Observation / Recherche (FOR) est spécialisée dans la recherche opérationnelle de renseignements à vocation judiciaire ou administrative et à des fins d'action dans une logique interforce. En cas de crise d'envergure nécessitant l'engagement de l'unité, son rôle est de coordonner les actions d'acquisition et d'analyse d'un renseignement à vocation contre-terroriste. Cette unité se spécialise dans la lutte contre la criminalité organisée et le terrorisme: lutte contre le trafic de

connaissance du danger terroriste, ses nombreuses missions en infiltration et son leadership au sein du groupe d'intervention ont fait de lui l'actuel chef des « espions de la gendarmerie ». Le rendez-vous est fixé dans une des nombreuses salles de réunion de Batignolles. Une table centrale avec plusieurs chaises autour, un écran géant contre un mur, des dossiers assignés du tampon Secret Défense en face de toutes les personnes qui assistent à la réunion. Une ambiance qui n'a rien à envier à Jack Bauer. Le mentaliste s'assoit et débute son observation. Deux ravissantes demoiselles, la première en tailleur strict avec des talons noirs, un haut militaire et des cheveux bouclés châtains foncés soulignés par un regard concentré et absorbé sur le dossier secret défense. À côté, une chaleur sibérienne, des cheveux blonds mi-longs, un sourire qui ferait passer une tombe pour accueillante, une allure légèrement athlétique mais pas trop et un charme discret, autant d'atouts qui doivent se révéler redoutables pour des missions sous couvertures.

– Tu peux arrêter de faire ton numéro de singe ? dit Gosselin en posant sa main sur l'épaule de son voisin.

– T'as qu'à me rappeler pourquoi je suis là alors que techniquement, je suis sur la touche ?

– Sois patient. Et arrête de mater comme le renard devant un poulailler !

---

stupéfiants, d'armes, extorsion en bande organisée, enlèvements de personnes, assassinats, séquestration avec violence, attentats contre des biens ou des personnes...
Ses missions: recueillir des éléments de preuve pour caractériser les infractions visées, identifier les réseaux criminels, démontrer l'existence d'actes préparatoires...Les missions de la FOR s'inscrivent dans la durée et la profondeur (observation longue distance dans des milieux ruraux, en filature derrière une cible ou engagé sur une mission technique pointue...) .

– J'ai une grosse sensibilité artistique qui a besoin d'être caressée par l'inspiration… Je me sens bien inspiré en ce moment ! Mais dis-moi, J'ai déjà entendu parler de lui au GIGN ; tout le monde lui vouait un grand respect, même les têtes brûlées n'osaient rien dire. Comment un commissaire de police peut connaître un homme aussi bien placé ?

– T'étais encore dans les bourses de ton père que je côtoyais déjà Castin !

La porte s'ouvre. Coupe militaire, une belle moustache grise et fournie, un visage chaleureux pour un soldat qui a côtoyé les terroristes les plus dangereux, une silhouette carrée, bien proportionnée et une démarche qui rappelle celle de ses camarades. Gosselin se lève et le prend dans ses bras :

– Ça fait belle lurette qu'on ne t'a pas vu sur les tapis de la salle, dit l'homme à la moustache ?

– Léon, je pratique déjà un sport de combat le soir avec ma femme quand je dois lui expliquer pourquoi je rentre si tard du boulot. Et l'affaire Maurin ne va pas arranger ma vie conjugale pour les prochaines semaines.

Le ministère de l'Intérieur s'inquiète de la médiatisation de cette affaire. Elle concernerait des gens très haut placés et le ministre souhaite que la FOR en termine le plus vite possible afin de faire taire les rumeurs. Pour commencer, Gosselin donne un compte rendu détaillé des cadavres retrouvés dans le manoir ainsi que de l'incident à l'Église, puis il termine en fixant Castin dans les yeux et lui demande de jouer carte sur table à son tour.

– Nous suivons depuis plusieurs mois la piste d'une organisation criminelle qui a kidnappé et assassiné plusieurs centaines de personnes... Le mode opératoire est toujours le même : disparition de la victime pendant une semaine, puis on retrouve son corps à chaque fois démembré pour les plus chanceux ou des corps calcinés. Nous avons tenté de trouver un lien entre toutes les victimes mais jusqu'à votre arrivée, nous n'avions pas encore trouvé.

– Qu'est-ce que vous entendez par notre arrivée ?, s'interroge Robby.

– Votre numéro à l'Église nous a permis d'identifier le lien entre toutes les victimes : Alfonso Martines, que vous connaissez beaucoup mieux sous le nom de Panama. Extorsions, trafic de drogues et suspicion d'assassinat, un dossier aussi long que mon bras, ce n'est pas n'importe quel larbin ce type-là. Pourtant, toutes les informations que nous avons récoltées jusqu'à présent nous mènent vers une plus grande organisation. Nous ne savons pas encore ce qui se cache derrière mais nous avons réussi à déterminer le prochain gros mouvement. Panama a acquis un hangar à bateaux désaffecté dans le port de Saint Nazaire. Un paquebot de Singapour arrive demain soir avec une grosse cargaison d'armes militaires. Nous devons empêcher ces armes d'entrer sur le territoire français...

– Sauf que si vous arrivez avec la cavalerie, vous allez vous faire repérer plus vite que vous l'imaginez. Juste trois personnes doivent s'introduire dans le hangar et donner le signal pour passer à l'action, interrompt Robby.

– Le protégé de Gosselin. J'ai beaucoup entendu parler de vos talents de medium, vous avez aidé la police à résoudre un nombre impressionnant d'affaires, et uniquement en faisant vos prédictions. Vous allez me lire les lignes de la main pour connaître mon avenir ?

– Pas besoin de lire les lignes de votre main pour voir que vous êtes un ancien toxicomane qui a retrouvé le droit chemin grâce à l'armée puis le GIGN. Vous considérez la gendarmerie comme une grande famille, vous ne songez même pas à prendre votre retraite. Par contre, je me pose une question : vos hommes sont comme vos fils et la FOR forme d'excellents agents du contre-espionnage. Dites-moi alors pourquoi une analyste du renseignement militaire et une agent de la DGST se trouve dans la même pièce que nous ?

– Léon, ne le laisse pas continuer car tu vas perdre, prévient Gosselin.

Le silence de plomb et le regard noir du chef de la FOR n'ont pas l'air d'avoir le moindre effet sur les lunettes noires du mentaliste. Robby expose son plan. Cela fait des mois que la FOR cherche à faire tomber l'organisation qui se cache derrière Panama. Chaque fois que les forces de l'ordre semblent se rapprocher, ces criminels leurs filent entre les doigts. Cela signifie une seule chose : il y a une taupe dans le service ! Afin d'éviter toute fuite, il préfère que son plan ne soit connu que des cinq personnes présentes dans la salle de réunion.

*
* *

23h37, assis dans son fauteuil en griffonnant ses notes et face à lui un commissaire de police en train de se servir son deuxième armagnac, Robby songe à ces derniers jours, à la logique qui se trame derrière tout. Les deux éléments tangibles et qui ont un lien capital avec l'affaire des cadavres calcinés : Ryo et Raphaël. Ils sont d'une manière ou d'une autre impliqués dans cette affaire.

– Demain avec les deux loustics, nous irons au port pour aller à la pêche aux infos et dès qu'on en saura plus sur Panama et ses sbires, on te donnera le signal pour intervenir, affirme Robby.

– Cette mission d'infiltration est dangereuse. Tu as peu d'expérience sous couverture et en plus de cela, tu veux y aller avec deux personnes liées à notre affaire. Tu veux mettre fin à ta jeune carrière ?

– Primo, je ne fais pas confiance à Castin et ses deux drôles de dames. Ils sont trop bien placés pour ne pas savoir qui pourrait être la taupe du service.

– J'ai fait mes classes avec Léon, il m'a sauvé la mise plus d'une fois et je lui fais une totale confiance. À l'opposé, pourquoi impliquer un pasteur et un prof de karaté ?

– Ces deux-là sont les seules personnes qui peuvent me donner un éclairage nouveau sur cette affaire. Toutes mes hypothèses tendent à confirmer cette intuition. Et tu sais qu'elle ne m'a jamais trompé !

Chris Gosselin le sait bien. C'est d'ailleurs lui qui a accueilli Robby à ses treize ans quand ses parents sont morts dans un accident de voiture. Le jeune homme était dans la voiture de ses parents quand cela s'est produit. Gosselin était très proche des parents du jeune mentaliste. C'était un garçon comme les autres. Enfin presque. Pas le plus timide mais pas le plus turbulent non plus. Un garçon silencieux qui aimait jouer et surtout regarder ce qui se passe autour de lui. Et tout ce qui le fascinait, il le dessinait. Jusqu'à ce moment. Depuis ce jour, il n'a plus jamais été le même. Il a arrêté le dessin et paradoxalement, il a développé un don : celui de lire les gens. Il est capable de voir ce que les gens n'ont pas envie de montrer et il a cette faculté exceptionnelle de décrypter ce que la plupart des gens ne sont pas capables de lire pour eux : leur âme. Compliqué de se sentir comme tout le monde. Compliqué d'avoir des relations normales quand vous savez lire dans le cœur des gens. Compliqué de faire confiance quand personne ne vous donne envie de faire confiance. Sauf Gosselin. Il lui a appris la self défense et aussi à utiliser ses dons de façon plus sociable. Pourtant Robby n'a jamais cherché à se faire des amis, pas parce qu'il ne pouvait pas mais ne voulait pas. Feriez-vous confiance à quelqu'un qui en un coup d'œil peut vous mettre à nu en quelques phrases ? Robby a cherché à comprendre d'où venaient ses capacités. Psychologie, sociologie, dynamiques sociales, langage non verbal...Plus il cherche de réponses et moins il en trouve. Tout à une fin logique, quelles que soient les circonstances. Cependant, il a bien du mal à déterminer la logique de ses dons. À l'âge adulte, il a développé une personnalité de provocateur. En une phrase, il peut dénuder une personne de son être. Souvent son mauvais profil. C'est même devenu son jeu favori, un jeu qui lui a permis de boucler de nombreuses affaires de meurtres non élucidées. Sa connaissance du non verbal fait de lui un détecteur de mensonges humain beaucoup plus fiable que n'importe quelle machine. Pourtant, Robby n'a qu'une seule idée qui l'anime au fond de lui : montrer que c'est dans nos ombres que se cache notre véritable nature. L'espoir

CHAPITRE 4
Les choses sérieuses
commencent

L'air frais marin de l'Atlantique marié à l'odeur froide de l'acier trempé des conteneurs offre un décor idyllique pour toute organisation qui chercherait à faire disparaître des personnes kidnappées. La désertification des chantiers navals par l'état français et l'appauvrissement de la région ont transformé le port de Saint-Nazaire en nouveau ghetto. Une ville à l'intérieur de la ville qui donne sur l'océan, ainsi qu'une autoroute de possibilités pour un entrepreneur ambitieux dans le crime. Panama colle parfaitement à cette description. Son armada de gorilles en costard entoure un SUV noir dont la porte arrière ouverte laisse apercevoir son passager. Le look est aussi improbable que le danger que représente Panama. À côté de lui, une demi-douzaine de soldats habillés comme à l'église, armés de AK-47 chargés et de grenades prêtes à être dégoupillées. Ryo observe méticuleusement le déplacement des soldats et des gardes. Le temps entre chaque ronde, les différents postes d'observation et les zones stratégiques de surveillance. Un ballet magnifiquement orchestré.

– Vous allez devoir m'écouter si vous voulez qu'on se rapproche de Panama, explique Ryo.

– Ce serait pas plus simple de marcher tout droit, pointer mon flingue et descendre les soldats un par un !?! s'esclaffe Raphaël.

– Ça va pas te gêner de te battre contre des hommes que tu as toi-même formé, lance Robby ?

Sans broncher, l'homme de Dieu fait signe qu'il est temps d'y aller. Les trois amis s'approchent, Ryo mène la danse. Se coller contre un conteneur. Ralentir. Se baisser pour éviter d'être vu par les caméras de surveillance. S'immobiliser. Puis repartir à pas de velours. Un garde qui s'amène dans la direction du trio de tête...qui le laisse venir entrer dans la danse et l'assomme. Robby fouille le soldat inconscient et trouve une radio. Puis on repart pour un autre tour de danse. Après trois AK-47, plusieurs chargeurs et quelques gorilles effondrés sur leur passage, les artistes grimpent sur un conteneur, s'allongent et rampent pour avoir Panama et sa clique en ligne de mire.

– Laissez-moi tous vos chargeurs et je transforme le coin en feu d'artifices, dit Raphaël en ricanant avec son fusil en main.

– Ce sera un feu d'artifices, effectivement. Connaissant Panama, il a dû placer des explosifs aux quatre coins de l'entrepôt. Une assurance en cas de situations problématiques, lance Ryo en regardant le rebelle.

– Les gars, on se tait, posant les mains sur les épaules de ses deux acolytes, et on observe ce qui se passe, chuchote calmement Robby.

Le trafiquant sort de son véhicule et se dirige vers un quai où est amarré un énorme cargo du nom de« King Johor ». Des dizaines de chariots élévateurs font le va-et-vient entre l'entrepôt et le bateau. Panama s'approche d'un conteneur et demande à un de ses hommes de l'ouvrir. Plusieurs caisses en bois y sont empilées les unes sur les autres, avec un logo particulier sur chacune d'entre elles. Un gorille ouvre une des caisses et sort ce qu'il y a à l'intérieur : des missiles Stinger. Parfait pour transformer un homme en saucisses cocktail. Un bruit se fait entendre devant l'entrepôt. Un chariot élévateur a renversé accidentellement plusieurs caisses en bois et laissé échapper ce qui se trouve dedans. Une dizaine de corps empilés les uns sur les autres : des corps calcinés, des corps démembrés ou tout entiers, certains habillés, d'autres pas. L'homme fait signe de ranger ce désordre en vitesse et de ramener les autres caisses aux containers plus rapidement. Ça sent le cramé. Comme un porc qu'on brûle alors qu'il est encore vivant. La chair brûlée mêlée à l'odeur de cadavres en décomposition se déplace jusqu'aux narines des trois espions planqués. Les nausées se conjuguent à une colère montante chez Raphaël et Ryo. À peine ont-ils eu l'idée de se relever qu'un violent coup derrière la nuque vient les assommer. Robby se retourne et est prêt à dégainer, lorsqu'il reconnaît les deux agresseurs : la jolie rousse et Léon Castin avec leurs pistolets qui pointent en direction du consultant. Tout en se redressant, le jeune homme lève ses mains en l'air.

– Vous avez bien la gueule d'une taupe... ». Un coup de crosse dans la tempe met un terme à la réplique de Robby.

*

* *

Les mains attachées pendant plusieurs heures, un bandeau sur les yeux et un violent mal de crâne offrent à nouveau un réveil plus que douloureux et confus. Ajoutez à cela des bruits de pas lourds et de talons hauts qui se rapprochent, une odeur d'acier mêlée à la chair brûlée et vous obtenez un séjour idéal pour toute personne dont les minutes sont comptées. Le bandeau se lève et les trois intrus se retrouvent ligotés dos à dos et à genoux par une solide corde. Autour d'eux, des individus semblables à ceux rencontrés au manoir Maurin, des soldats armés comme pendant la cérémonie et trois bourreaux, canons en direction de leur tête.

– Vous avez réussi à neutraliser une vingtaine de soldats. Pas mal pour des rigolos de pacotille, dit Castin en fixant Robby dans les yeux.

– Une belle expression aussi ringarde que votre moustache, ironise le mentaliste avec un sourire en coin !

–Vous n'y seriez jamais parvenus sans l'aide de Ryo, lâche Panama. T'aurais jamais dû t'en mêler et rester tranquillement à réciter la messe le dimanche.

– Je ne peux pas me permettre de laisser le sang couler une fois de plus dans la maison de Dieu, affirme Ryo.

– Arrêtez de les flatter ! Nous devons terminer la mission absolument. Retournez à vos postes immédiatement avant que sa majesté n'en soit informée, ordonne la belle rousse aux deux autres bourreaux.

Les flingues s'éloignent de leur visage, un moment de sursis dans une situation périlleuse. Raphaël reste silencieux de façon inquiétante. On entend surtout sa bruyante respiration. Pendant que Panama et Castin s'éloignent, la somptueuse rousse à la longue robe fendue tourne lentement autour des trois otages. Ryo a le visage décomposé par les blessures et la situation, tandis que Raphaël n'arrive plus à sortir le moindre mot. Le bruit des talons rythme cette scène et Robby y devine un plaisir dissimulé dans cette situation :
– Sexy le tatouage, lâche-t-il avec un sourire charmeur !
Elle se rapproche langoureusement du consultant. Puis lève sa jambe doucement pour la poser délicatement sur l'épaule de Raphaël. Cette position permet à Robby d'avoir une vue dégagée sur la croupe plantureuse de la jeune femme. Le visage fermé et stoïque d'observateur professionnel se métamorphose peu à peu en celui d'un jeune adolescent prépubère devant son premier film érotique. Les yeux écarquillés et la bouche grande ouverte, le jeune homme semble fasciné par ce tableau. Et la jeune femme lui chuchote dans l'oreille :
– Toute personne qui pénètre dans cette zone sans mon autorisation risque de goûter à ma dague. Les seuls hommes qui ont essayé d'entrer n'en sont jamais sortis.

Raph oriente son regard plein de rage en direction de la rousse. Voulant haranguer l'attention de la plantureuse au serpent tatoué, sa rage fut détournée par la scène avec Robby. D'abord totalement désemparé par le visage pathétique de son ami, son regard se concentre vers la croupe de la jolie rousse, qui a emmené le mentaliste dans une profonde catalepsie. La haine primaire qui le consumait se métamorphose petit à petit en envie de luxure et de plaisir. Le regard envers son camarade lui fit changer d'avis. Un mouvement répété de bas en haut confirme l'évidence : on est d'accord ! Le pasteur, affligé par ce qu'il voit, marmonne dans son bouc :

– Pardonne leur père parce qu'ils ne savent pas ce qu'ils font !

La jolie rousse sort une dague, la pointe en direction de Robby totalement sous le charme et la met sous son menton. Elle lui décoche un « bye bye beau mec ». Elle lui retire sa lame en caressant sa barbe. La vue des hanches plantureuses surplombées du serpent laisse Robby en émoi et un Raphaël tergiversant qui dit «Ah ouais quand même ! » et le pasteur préférant avaler sa salive. Elle part dans la pénombre et les lumières s'éteignent. Les trois compères sentent que le sol se remplit d'eau ; et les pantalons se gorgent d'eau au fur et à mesure que le niveau monte. Cette montée des eaux permet à Robby de retrouver ses esprits :

– C'est moi ou ça devient de plus en plus humide ?

– Et c'est maintenant que tu t'en aperçois, répond Raphaël ?

– Si on ne se libère pas, on va finir noyés, alerte Ryo.

– D'accord, mais je me pose deux questions : Primo : comment on fait pour se détacher alors qu'on a les pieds et les poings liés ? Deuxio : même si on arrive à se détacher, tu peux me dire où se trouve la sortie, s'inquiète Raphaël ?

Des bruits de pas se font entendre dans l'eau, ce qui crée un silence pesant. Une ombre s'approche d'eux et les libère de leurs menottes. Cette ombre leur crie « Barrez-vous » et un sas s'ouvre. Ils s'y jettent et s'enfuient. En sortant à la lumière, Robby semble reconnaître l'ombre qui lui a permis de s'en sortir vivant :

– Heureux de te voir Chris. Mais comment t'as pu nous retrouver, je ne t'ai même pas envoyé de signal ? demande Robby.

– Quand j'ai vu que vous n'aviez pas envoyé de signal depuis des heures, j'ai compris que c'était le signal. Et je me doutais que j'allais vous trouver dans une situation improbable, dit le commissaire. Et pendant que vous étiez en train de faire trempette, j'ai pu localiser nos amis, ils sont juste à côté près d'une zone industrielle.

En se dirigeant vers la sortie, le sol s'affaisse sous leurs pieds et une trappe les fait tomber. Après avoir glissé pendant plusieurs secondes, ils atterrissent dans une mare. En se relevant et en sortant de l'eau, ils aperçoivent une usine désaffectée qui longe un étang rempli de pylônes en béton écroulés, ainsi que des carcasses de voitures qui dépassent de l'eau. On y trouve également un gros tuyau provenant de l'usine qui rejette une eau verdâtre avec des seringues, des tubes à essais, des douilles de balles. Sur le sol sont répandues de grosses flaques de sang et de l'essence. Des hangars sont parsemés un peu partout, avec de très hautes cheminées, dont les fumées noires inspirent la mort. Il règne un sentiment de malaise, il fait lourd et une petite pluie fine se met à tomber. Un bruit effrayant se fait entendre, comme un homme qui vomit. Les quatre hommes s'approchent assez rapidement du bruit et aperçoivent un vieil homme très amaigri, couvert d'hématomes, les bras comme une passoire suite à de nombreuses injections et crachant du sang. Robby lui prend la main pendant que Raphaël l'aide à se maintenir assis. Tous à sa hauteur, Robby lui demande ce qu'il s'est passé... Avec énormément de mal, il murmure « Fuyez... »

Les quatre intrépides se regardent avec inquiétude. Le vieil homme se met à suffoquer violemment en crachant beaucoup de sang sur Raphaël, puis il s'écroule lourdement sur le sol, le regard vers le ciel. Ryo demande au Seigneur de l'accueillir dans son royaume. Raphaël se relève rapidement et Robby voit une larme tombée au sol. Raphaël entend un escadron de jeeps pas très loin, avant que Robby lui dise de ne pas bouger, il se précipite.
– Il va faire un carnage, dit Ryo avant de pousser Robby et le commissaire dans un recoin pour ne pas se faire repérer par les escadrons.

      Raphaël, énervé, n'arrive plus à se contenir. Il entre dans une colère incontrôlable. Suspendu à un pilier en métal qui abrite des jeeps, un garde vient se garer puis en levant sa tête, il voit Raphaël lui tomber dessus brutalement. Son cri se fait entendre au loin.
– Ça y est, il a commencé, lance Ryo... »
Robby sent que tout ça va mal finir et étrangement remarque que Ryo d'habitude en repli a soif de découvrir ce qu'il se passe ici.
– Nous devons arrêter le gamin, sinon il va se faire tuer par tous ces soldats, alerte Gosselin.
– Raphaël possède en lui une intense violence qu'il a beaucoup de mal à contenir, répond le pasteur. Il cherche désespérément le moyen de la contenir à travers diverses pratiques. Mais à partir du moment où des gens souffrent, il entre dans cette rage, il devient autre chose. Quelque chose qui n'a rien à voir avec un chien enragé, quelque chose de...démoniaque.

Silencieusement et dans leurs ruminations, les trois restants se promènent parmi tous ces hangars. Pendant ce temps, Raphaël s'arme d'un MP5K et d'un SIG-Sauer MPX K trouvé dans l'une des jeeps. Il avance doucement le long des jeeps garées en ligne, puis se met à tirer, faisant exploser une jeep qui provoque un effet domino. Une multitude d'explosions dévastatrices se fait entendre, l'alerte est donnée. En sortant du hangar, un escadron l'attend et le braque avec des M16 et AK5C, des armes d'assaut très puissantes. Il tire sur un baril d'essence situé près d'eux. L'explosion en propulse plusieurs dans les airs tandis que les flammes se chargent de ceux qui se débattent au sol. Raphaël dans toute sa fureur les finit avec son MP5K en marchant entre les flammes. Même John Woo n'aurait pas osé tourner une scène pareille !

*

* *

Robby, Gosselin et Ryo s'approchent d'un petit bunker où deux portes semblent ressembler à un ascenseur. Ryo décide de pénétrer dans cet ascenseur. Robby l'en dissuade fortement mais le pasteur est déterminé. Au moment où les portes s'ouvrent, il pousse Robby et se précipite dans l'ascenseur. Avant que les portes ne se referment, Robby dit à Ryo « Sois prudent » Ryo lui fait un signe de tête que tout ira bien. Une forte odeur d'éther est présente dans l'ascenseur et un pentacle de magie noire est parfaitement dessiné au plafond. En courant vers un bâtiment, Gosselin et Robby remarquent que de nombreuses caméras de surveillance sont situées un peu partout. Ils tentent de passer inaperçus malgré le tintamarre de l'alarme et les troupes de soldats qui courent dans tous les sens. En observant tous ces bâtiments, ils remarquent que certains d'entre eux sont plus gardés et protégés que d'autres : caméras, gardes en très grand nombre, laser à détection entre autres. Un garde est posté en hauteur sur une sorte de balcon.

CHAPITRE 5
Expériences contre-nature

La descente de l'ascenseur dure plusieurs minutes. En sortant, Ryo atterrit dans un tunnel souterrain. Des caisses en bois estampillées du même logo qu'au port tapissent les murs près de l'ascenseur, et en face, une porte. Soudain, elle s'ouvre et un soldat entre. L'homme d'église a juste le temps de se cacher derrière une caisse. Le soldat s'approche de l'ascenseur et doucement, Ryo exerce un death touch qui paralyse et assomme le garde, tout en le retenant durant sa chute pour amortir le bruit. Il est prêt à cacher le corps derrière une caisse lorsqu'il sent une lame froide dans son cou. Ryo se retourne tout doucement, la pression est telle qu'en pivotant la tête, il frôle la coupure, les battements de son pouls résonnent contre la lame du katana...

– Alors comme ça, tu suis ces deux rigolos en quête de sensations fortes hum ?

– Panama... Qu'est-ce que tu fais là ?

– Oooh comme tu es étonné, vas-tu me dire que tu es déçu ? Choqué ? Viens plutôt avec moi...

Il l'emmène derrière la porte. Ryo observe un sas de décontamination et devant eux des portes vitrées avec des gardes lourdement armés. Les gardes braquent le pasteur, mais levant deux doigts, Panama leur fait baisser leurs armes. En traversant un long couloir, les deux hommes escortés par quatre gardes échangent quelques mots
– Tu sais Ryo, après la mort de ton père, j'ai tout fait pour que tu ne manques de rien. Mais tu préférais traîner avec ces yakuzas.
– Je ne désire pas suivre le chemin que tu as toujours voulu m'attribuer...

*

* *

À la surface, on peut entendre les tirs entre le jeune rebelle et les soldats qui hurlent de panique accompagnés de cette sirène permanente et cette fumée imposante. Dans ce décor surréaliste de films de séries B, le flic et le mentaliste s'approchent d'un des bâtiments ultra surveillés, un hangar dont deux gardes sont postés devant.
– J'avais déjà du mal à dissimuler la présence d'un mentaliste, d'un professeur de karaté et d'un pasteur sur une scène de crime. Et là, je sens qu'il va me falloir plus qu'une simple déposition falsifiée pour expliquer ce bordel, s'inquiète le commissaire.
– Oh, t'as qu'à leur expliquer que tous les deux, on voulait refaire un remake de « L'arme fatale ». Moi dans le rôle de Mel Gibson et toi celui de Danny Glover, ironise Robby.

– Et tu dis ça pour ma moustache et mon début de calvitie ?

– C'est pas un début de calvitie, je dirais plutôt que tu es sinistré de la toiture !

Les deux hommes s'approchent de plusieurs barils où une odeur de décomposition se fait sentir fortement, comme si de la viande avait pourri depuis plusieurs mois. Des mouches finissent de planter un décor plus que macabre. Gosselin a le malheureux réflexe de regarder ce qui se trouve dans l'un des barils : corps démembrés, mains où ils manquent plusieurs doigts, crânes qui pourrissent avec une bouillasse où l'on trouve des tripes et un œil. Ajoutez-y de l'essence et vous obtenez un cocktail imparable pour vomir vos restes. Et optionnellement, attirer l'attention des deux gardes.

– Je suis admiratif de cette réserve qui te caractérise. Surtout maintenant, dit Robby.

– À force de côtoyer un prof de karaté qui se prend pour Jean-Claude Van Damme, un homme de Dieu qui connaît l'un des plus dangereux terroristes au monde et un mentaliste qui fait de l'humour chaque fois qu'il est sur le point de mourir, leur discrétion a déteint sur moi, répond Gosselin en essuyant de sa bouche le reste de sucs gastriques.

Les deux gardes se rapprochent des barils de cadavres. Ils font le tour et aperçoivent un homme par terre à plat ventre. L'un des deux pointe son arme en direction du corps sans vie tandis que l'autre laisse pendre son arme autour du cou et retourne le corps. À cet instant, le garde armé est tiré en arrière avec deux bras qui lui bloquent la nuque et un violent coup au milieu du dos lui fait perdre conscience. À peine l'autre garde tourne-t-il la tête pour sauver son collègue qu'il est emporté dans l'autre sens et tombe à terre. Un crochet du droit de Gosselin finit par l'endormir pour un moment. Les deux survivants décident de prendre les tenues militaires et les armes pour entrer tranquillement dans le hangar. À l'intérieur se trouve un laboratoire sur deux étages où se regroupent des scientifiques, des soldats et des tenues similaires aux personnes rencontrées au manoir Maurin. Robby prend le rez-de-chaussée, Gosselin l'étage. Les hommes en toge sont groupés par trois et semblent réciter des paroles dans une langue ancienne. Ils sont regroupés autour d'un symbole représentant un pentagramme. À la fin de chacune de ces incantations, une forte lumière jaillit. Cette lumière semble vouloir s'échapper mais demeure emprisonnée à l'intérieur du symbole. Une équipe de scientifiques vient ensuite la capturer en l'aspirant à l'aide d'un gros appareil. L'appareil est ensuite amené à côté d'une énorme tour remplie de disques durs accolée à une IRM dont on a ajouté plusieurs contenants de laboratoires rappelant un appareil à distiller. À la fin de cette chaîne, un tuyau laisse couler un liquide violet qui est récupéré pour être ensuite injecté dans une poche de chlorure de sodium. Plusieurs hommes torse nu sont allongés dans un lit les uns à côté des autres, avec chacun sa poche qui goutte en intraveineuse. Chaque individu réagit de différentes façons. Ceux qui ne supportent pas le sérum oscillent entre le grognement et la douleur, subissent une crise d'épilepsie et finissent par succomber. Quelques minutes plus tard, au mieux les membres du corps se détachent, au pire, leurs corps explosent, laissant une fumée s'évaporer dans les airs et quelques morceaux de chair en guise d'héritage. Et puis il y a ceux qui résistent et développent une force surhumaine mesurée par différents moniteurs. Ces derniers sont ensuite emmenés dans une autre salle plus loin. Robby décide de suivre les candidats élus. En les suivant, il aperçoit une jeune femme en blouse blanche qui lui rappelle quelque chose. Charmante personne aux cheveux courts et au charme discret...pas de doute, l'agent de la DGST est également présente. Le mentaliste décide de la suivre jusqu'à ce qu'elle se dirige vers une salle de fournitures. Elle entre la première, puis sans que les autres ne s'en aperçoivent, il entre également. À peine ferme-t-il la porte qu'il sent pointer une lame sous sa gorge. Dans le même geste, son poignet gauche se retrouve maintenu et coincé dans le dos. Robby a juste le temps de placer sa main droite sur le poignet qui tient la lame, puis de baisser le bras et dans le même temps de se retourner, plaquer son agresseur contre le mur et s'apercevoir que ce sont les cheveux courts de Charlotte.

– Calmez-vous, je suis le mentaliste de Gosselin, murmure calmement Robby.

– Qu'est-ce qui me fait croire que c'est vous ?, répond-elle en voulant s'extirper de la situation.

– Vous êtes Charlotte Sainte-Anne, agent de la DGST qui travaille sous couverture à la FOR pour faire tomber Léon Castin qui est impliqué dans une organisation criminelle.

– Hmm, faites attention... je sens votre gros fusil contre mon dos !, chuchote-t-elle d'une voix sensuelle. Il est bien chargé. Un mouvement brusque de votre part et le coup risque de partir.

– Bien que j'aurais aimé continuer ce flirt avec vous, j'ai besoin de comprendre ce qui se passe. Votre agence soupçonne Castin depuis des mois d'être une taupe mais vous n'aviez aucune preuve. C'est pour ça qu'on vous a muté dans son service pour découvrir ses desseins, jusque-là sans résultat. Enfin, tout ça c'était avant qu'on débarque avec Chris.

– Comment un geek comme vous peut-il en savoir autant alors qu'il n'est même pas habilité à connaître ces infos top secrètes ?, dit-elle en relâchant doucement la résistance.

– J'en sais suffisamment pour déterminer que votre couleur préférée est le vert, ainsi que vous aimez particulièrement les chats et que derrière votre visage de croque-mort, vous cachez une hypersensibilité due à un très gros traumatisme qui vous a détruite pendant plusieurs années.

Quand elle entend ces mots, Robby sent toute l'agressivité de son agresseur retomber pour laisser place sur son visage à de la tristesse. Il retourne la jeune femme, puis rapproche lentement son visage :

– Je suis désolé de remuer le couteau dans la plaie, mais on n'a pas le temps de se consoler. Expliquez-moi ce qui se passe dans ce labo malsain.

Charlotte lui fait un rapport détaillé sur les objectifs de l'organisation. Elle se fait appelée D-MON et ses lieutenants sont Panama, Léon Castin et la jolie rousse au serpent. Le but est de créer une armée de super soldats dotés de capacités surnaturelles pour dominer le monde. En effet, les personnes habillées avec une toge et une capuche sont des sorciers qui ont la capacité de lancer des sorts de toute sorte et d'invoquer des entités énergétiques et spirituelles : les démons. Chaque être humain possède un champ électromagnétique unique qui lui permet de le différencier de l'animal et d'un autre individu. Il en est de même pour les démons. Oui, les entités démoniaques existent bel et bien depuis des millénaires. Fantômes, esprits, entités. Ils ont cherché depuis la nuit des temps à prendre la place des êtres humains et conquérir la terre. Le moyen le plus connu est la possession, technique très souvent utilisée par les démons mais dont l'utilisation est limitée dans le temps. Avec les dernières avancées scientifiques, il est possible de capturer la charge énergétique d'un démon et de la transférer dans un sérum via la nanotechnologie, des robots de la taille de l'atome qui portent en eux l'énergie du démon. Le sérum injecté entame la mutation des gènes humains en gènes démoniaques par fixation des protéines démoniaques sur les brins de l'ADN. Et on obtient divers résultats : les rebuts, ceux qui ont une force démesurée deviennent soldats avec un point faible : ils sont hémophiles, une coupure et c'est fini. Et enfin ceux qui parviennent à la transformation totale en démon. Mais pour l'instant, l'agent du gouvernement n'a jamais pu assister à une transformation complète. Les candidats remplissant les conditions optimales partent dans la salle de laboratoire à côté dont elle n'a pas accès. Ses collègues scientifiques leurs ont donné un nom : les Nephilims. Le mentaliste est confus. En quelques jours, il est passé de consultant de la police sûr de lui-même à agent de terrain qui apprend que les démons sont bien réels et qu'on peut en fabriquer grâce à la technologie. Comme si les jeux vidéo Metal Gear Solid et Final Fantasy avaient fumé un pétard ensemble et engendré ce scénario dans lequel Robby et ses amis se retrouvent confrontés. Charlotte indique au jeune homme qu'elle doit revenir vers ses collègues pour ne pas compromettre sa couverture. Sauf que derrière la vitre de la porte, il semble y avoir de l'agitation. Tout le personnel armé et à toge s'est regroupé en rang d'oignon autour de deux hommes : Castin et Gosselin. Ce dernier est à genoux, le visage en sang et menotté. Face à cette scène, le visage de Robby se renferme, comme si un super ordinateur cherchait la réponse ; il lui vient soudainement la révélation. Castin s'amuse à jeter son couteau dans les airs comme un animateur télé en manque de reconnaissance, devant un commissaire affaibli :

– Tu peux me dire où tu as été trouver ce gamin ? Avec ses amis, ils ont réussi en une nuit à foutre en l'air plusieurs mois de travail, s'agace Castin.

– Arrête de parler comme un agent des forces de l'ordre ! Tu me déçois beaucoup. Où est passé le héros qui a reçu plusieurs fois la médaille du mérite ? Et l'ami de plus de trente ans, interroge Gosselin ?

– Comme toi, il a vieilli. Comme toi, il a vu le monde changer. Comme toi, il a été submergé par notre administration. Et j'en ai eu ma claque. J'en ai eu marre d'attendre l'autorisation de ma hiérarchie pour m'attaquer aux problèmes de notre société. Nous vivons dans une société de dégénérés que ce soit au niveau politique, dans les médias et même dans notre jeunesse. Il fallait trouver un moyen drastique d'éliminer cette vermine !

– Pour quelqu'un qui déteste les dégénérés, je trouve que tu en fais un beau représentant.

– Toujours la réplique cinglante, je vois de qui tient ton protégé. Tu vas moins rire quand tu vas rencontrer le patron. Son plan est simplement diabolique : transformer tous les êtres humains en démons obéissants. Au moins, tout le monde sera sur un pied d'égalité !

– Tu t'entends Léon ? Tu te rends pas compte que t'es rentré dans une espèce de secte satanique, et que tu es entouré de timbrés. Et tu tues des gens pour créer des monstres de foire. Dis-moi où se trouve ton infirmier pour qu'il te fasse ta piqûre. »

Castin demande à un de ses soldats de se rapprocher de lui. Il prend son couteau dans la main et transperce le soldat de toute part. Ce n'est pas tellement la lame qui fait mourir le pauvre homme, mais plutôt son ventre qui est empalé autour du bras droit du patron de la FOR, laissant derrière lui le reste de ses tripes. Un rire démoniaque s'empare du meurtrier qui expulse le cadavre d'un simple mouvement de bras contre un mur. Il explique que tous ses soldats qui réussissent les tests, possèdent les mêmes capacités. Et bien plus…

CHAPITRE 6
Une vérité difficile
à digérer

Pendant ce temps, Raphaël, infatigable, continue de mettre les installations hors d'état de nuire. Il trouve d'autres armes et tire sur tout ce qui bouge. À travers ce bruit de soldats qui hurlent de panique, cette sirène permanente et cette fumée toujours plus imposante, le rebelle est plus déterminé que jamais. Sa détermination se nourrit dans la soif de tout détruire, dans le but inconscient d'assouvir ce mal qui le ronge. Raphaël prend beaucoup de plaisir à tirer sur les soldats, tellement de plaisir qu'il a de moins en moins de contrôle sur lui. Il lui prend même l'idée de foncer droit devant, face au danger de se prendre une ou deux cartouches dans le buffet. Un groupe de soldats se pointe devant lui et tel un Rambo dégommant du Viêt-Cong, il fonce dans le tas. Il prend une pluie de balles qui le fait tomber à terre. L'escadron de soldats s'approche du corps encore fumant, et vérifie si le prof de karaté est bien mort. Les six soldats se retrouvent autour du corps. Et une pluie de balles transperce la meute de soldats.

Raphaël se relève, le T Shirt et la veste en cuir pleins de trous :

– Encore un jean en cuir troué. Ivan Drago est ridicule à côté de moi !

– Je vois que tu ne sais pas encore l'utiliser de manière totalement consciente, entend-il au loin.

La jolie rousse apparaît soudainement. La rage du rebelle ressemble de plus en plus à celui d'un Berseker[7]. Il fonce droit devant en lançant des coups surpuissants et d'une violence qu'il n'avait jamais exploitée auparavant. À force de frapper frénétiquement pendant le combat, il lance sans s'en apercevoir une lourde charge d'énergie qui fait reculer la femme rousse. Se redressant, elle lui rend la pareille en lançant une charge similaire. Quand il l'a reçoit, Raphaël s'immobilise et se rappelle de quelques bribes de souvenirs. Particulièrement le souvenir d'une petite fille qui pleurait avec un homme au visage déformé. Ces deux visages lui semblent familiers et il lui vient spontanément un prénom : Ophélia.

– Tu commences à te souvenir, dit la jolie rousse. Alors je te le dis, je suis...

– Ma sœur. Et l'homme au visage déformé est... notre père, crache le rebelle tout en se figeant.

---

7   Berserker : désigne un guerrier-fauve qui entre dans une fureur
    sacrée (en vieux norrois *berserksgangr*, « marche, allure du guerrier-
    fauve ») le rendant surpuissant et capable des plus invraisemblables
    exploits.

– Hmm, tu recouvres la mémoire plus vite que prévu, alors autant te dire la vérité...

*

* *

Pendant ce temps Ryo est en pleine discussion avec Panama, qui range son katana dans son fourreau. Un sas automatique s'ouvre avec à l'intérieur une créature humanoïde, comme un homme retenu avec des muscles monstrueux et une peau grisonnante recouverte de métal, endormi, tenu par des câbles.

– Mon Dieu ! s'exclame Ryo.

– Cet homme est le premier de notre projet de super soldats. Pour instaurer notre nouvel ordre, nous avons besoin de soldats surentraînés obéissant au doigt et à l'œil, explique Panama.

– Tu crois que je vais rester là à écouter tes inepties sans rien dire ?

– J'ai pourtant une proposition à te faire. Avec ta puissance, tu nous serais grandement utile. Pourquoi ne pas devenir le commandant de notre armée ?

– Tu me vois vraiment diriger ton armée de cyborgs ?

– Ça ne serait pas si différent que de diriger les brebis de ton troupeau...

– Tu oses insulter ma foi ? Les gens de mon église viennent par conviction, je n'ai endoctriné personne.

– Donc, tu rejettes mon invitation ?

– Je crois pourtant avoir été clair... »

Ryo se met en colère et utilise un coup-de-poing chargé d'une lumière blanche avec l'intention de briser le sas, en vain. Quatre soldats foncent sur le pasteur, mais ce dernier en saisit un par la tête pour le cogner sur la tête d'un autre, avant de bondir en l'air et d'infliger un double coup de pied les étalant au sol.

– Tu n'as pas perdu la main à ce que je vois, observe Panama.

Il sort son katana de son fourreau sur le mur et fonce sur Ryo, qui l'évite en roulant sur le côté droit. Il met en garde face à l'homme mafieux. Le combat commence. Panama tente un coup vertical de bas en haut que Ryo esquive en effectuant un retrait du buste, avant de repousser le mafieux par un coup de pied. Panama se concentre. Une énergie maléfique commence à se dégager de lui. Il fonce et charge sur Ryo et le pasteur tombe à terre dans le choc. Ryo se relève rapidement. Il évite un coup de lame de Panama et concentre une attaque dans son poing. Une lumière s'en dégage et Ryo désarme Panama par la force contenue dans son coup de poing. Le mafieux tente deux coups de poing évités par le pasteur qui en bloque un troisième avant de lui décocher un coup au visage, le repoussant ainsi. Ryo sent l'énergie blanche l'envahir. Il lance un deuxième coup-de-poing, le réussit, puis un troisième qui échoue et se fait repousser par un coup de pied au ventre donné par son adversaire. Le pasteur revient à la charge mais se fait saisir par le col par Panama qui le balance contre le mur.

– Tu as encore joué avec des forces interdites pour gagner en force, balance Ryo en se relevant.

– Nécessité fait loi.

Panama fonce sur Ryo mais ce dernier le contrecarre avec un coup de pied qui le sonne. Panama se reprend et assène plusieurs coups-de-poing sur l'homme d'église qui cependant les bloque tous et riposte avec un crochet du droit qui fait saigner la lèvre du mafieux.

– Tu as fait des progrès, dit Panama, après avoir craché du sang.

– Qu'est-ce que tu crois ? Pendant que tu continuais à te prélasser avec des femmes de petite vertu et à faire la fête, je me couchais tôt et me levais tôt, pour suivre un entraînement rigoureux. J'ai toujours su qu'un jour, je devrai à nouveau reprendre les armes.

– J'ai toujours respecté ta force, c'est pour ça que je voulais te garder. Tu as entraîné mes hommes à l'époque, tu étais un prodige. Pourquoi utiliser tes précieux talents pour cette humanité où chaque jour l'homme viole, tue, ment, pour assouvir ses désirs ? Avec nous, tu aurais l'occasion de faire justice et de punir les mécréants de ce monde. Pourquoi être vertueux dans un monde qui ne l'est pas ? Mais tu vas te faire bouffer mon pauvre !

– Tu ne peux pas comprendre la conviction que j'ai... j'ai connu la grâce d'un Seigneur qui a pardonné mon passé... et quand tu as goûté à ce pardon, plus rien ne compte ! Mais les démons bouffent les cœurs des humains. Alors j'ai fait le serment de consacrer ma vie à chasser ces créatures. Je regrette vraiment d'avoir entraîné tes hommes à l'époque... Mais je vais réparer mon erreur !

Cependant, un bruit de grondement et d'éclatement de verres se fait entendre derrière Ryo. La créature qui est enfermée dans le sas sort en poussant un hurlement rauque et effrayant !

– Quoi ??? mais c'est trop tôt ! , crie le mafieux.

Le corps est recouvert de métal, des pieds jusqu'à la tête. Si ce n'est que le crâne rasé couleur chair rappelle celui d'un être humain. La créature fonce sur Panama, tel un bélier, le faisant décoller à une dizaine de mètres. Puis elle fonce sur Ryo qui bloque sa charge, et lui assène un coup-de-poing rempli d'énergie sacrée au visage. La créature cogne l'homme d'église avec sa tête mais ce dernier se reprend et lui assène un coup de pied fulgurant au ventre, la faisant tituber. Mais Ryo voit dans les yeux de la créature une lueur étrange. Distrait par la scène, la créature en profite pour l'empoigner par le col. Le pasteur regarde la créature dans les yeux, son regard lui semble familier.

– Non... toi ?!?

La créature, stupéfaite, arrête d'empoigner Ryo, comme si elle aussi avait senti une présence familière. Elle pousse alors des hurlements en se tenant la tête, comme si elle souffrait. Puis elle prend la fuite.

– Tu as fait capoter notre plan sale bigot... mais nous disposons d'autres ressources, dit Panama en se relevant.

– C'est fini Panama, j'ai un GPS installé dans ma poche, mes collègues vont me retrouver et t'embarquer !

– Pas si vite…, déclare le mafieux en sortant un appareil de sa poche. Il appuie sur un bouton rouge.

Une voix se fit entendre :

« Le processus d'autodestruction de cette base est activé. Il sera exécuté dans cinq minutes. »

Panama court vers une porte dérobée qui l'emmène dans une sorte d'ascenseur pour s'échapper. Une question le taraude à présent : « Pourquoi est-il sorti trop tôt ? »

La base va exploser, l'homme d'église doit fuir ! Ryo court aussi vite qu'il peut pour rejoindre la sortie. Il voit les gardes qu'il avait mis à terre plus tôt détaler le plus vite possible. Après s'être dirigé vers un tunnel de sortie, Ryo prend une moto garée parmi des quads. Une grosse explosion se fait entendre. Sur la moto, le pasteur se pose des questions sur la créature qui a pris la fuite. Il a encore du mal à y croire. Une seule pensée le hante : "Si c'est vraiment toi, j'espère pouvoir te sauver cette fois-ci ».

*
* *

Raphaël reste figé devant Ophélia ; tous les deux sont des êtres uniques : ils sont le fruit d'une union entre une humaine et un démon. Des nephilims uniques. Astaroth était le général des démons de Béhémot, le seigneur du royaume des démons. Depuis des millénaires, il cherche à assouvir son pouvoir sur la Terre. Pour cela, il cherche à prendre possession des êtres humains les plus faibles grâce à son armée de super soldats. Et Astaroth était le meilleur pour prendre possession d'un être humain. Et en tuer d'autres. Et à force de tuer et de prendre possession de milliers d'êtres humains, il a développé la capacité de se changer en être humain. Sauf qu'un jour, il a voulu s'en prendre à une jeune femme. Mais au moment de croiser son regard, toute son agressivité démoniaque avait disparu. Comme si cette femme avait fait disparaître son côté maléfique et réveillé une autre partie enfouie. Alors dans le dos de l'organisation et de Béhémot, ils commencèrent à se voir en cachette. Des liens très forts se sont créés entre eux et de leur relation sont nés deux enfants : Raphaël et deux ans plus tard Ophélia. Cette histoire a duré des années. Sauf que Béhémot a fini par s'apercevoir que le nombre de victimes commençait à diminuer sérieusement du côté de son général. Quand Béhémot découvrit le pot aux roses, il menaça Astaroth d'exterminer sa famille. Le seigneur lui proposa un marché : ou bien il extermine toute sa famille ou bien il revient auprès du seigneur avec l'un de ses enfants. Le père choisit de repartir par contrainte avec Ophélia, six ans et de laisser Raphaël, huit ans, avec sa mère. Le jeune garçon, furieux de cette décision, décide de s'en prendre à Béhémot, qui le repousse puissamment, lui jette un sort d'amnésie et le confie à un groupe mystérieux. Ophélia partit alors dans les enfers avec son père.

– Où se trouve notre père maintenant, petite sœur ?

– Sur les ordres de sa majesté, je l'ai tué pour prendre sa place de général des armées il y a plusieurs années.

– Tu as tué notre père pour sauver ta peau, invective Raphaël.

Ses deux poings sont fermement serrés et se chargent d'une énergie noire. Le rebelle lance ses deux rafales en direction de la jolie rousse qui les esquive de justesse. C'est un soldat qui courait vers la jeune femme qui se prend de plein fouet les deux charges et se crispe de douleur. Ophélia explique que c'est le pouvoir de l'Euphoria, un sort qui augmente la sensibilité à la douleur et met sa victime dans un état de tétanie. Une simple caresse peut se révéler la pire des tortures avec ce sort. À peine ose-t-il se relever que le soldat est pris d'une décharge de douleur qui l'empêche de réaliser le moindre mouvement. Un pouvoir d'autoguérison, une force surhumaine et la capacité de lancer des sorts maléfiques : voilà la toute puissance d'un Nephilim. Les deux guerriers sont prêts à recommencer jusqu'à ce qu'une énorme alarme couvre tout le secteur. Un soldat informe Ophélia qu'un incendie s'est déclaré dans un des laboratoires de recherches.

*

* *

Une fumée sombre se répand dans tout le laboratoire. Apparemment cela provient d'une salle de fournitures. Les scientifiques sont affolés et les soldats ont beaucoup de mal à se coordonner dans cette fumée qui s'épaissit de plus en plus. Une odeur de lacrymogènes se répand également dans le labo. Elle commence à attaquer les voies respiratoires de tout le personnel du bâtiment. Face à cette situation, Castin se dirige vers son ancien ami commissaire pour s'occuper de lui mais il sent une violente douleur à l'intérieur du genou gauche et se prend un violent coup dans le genou droit. Ce moment de flottement lui fait perdre de vue Gosselin qui semble avoir disparu. Il cherche sa lame qui elle aussi a disparu. Soudain, il entend « Prends ça dans la gueule, la taupe » et reçoit un coup de crosse de mitraillette dans la moustache qui finit de le rendre inconscient. Robby enlève son casque volé à un garde et cherche dans la poche de Castin. Il trouve des clés qu'il s'empresse de ramener à Gosselin. Il le libère de ses menottes et lui explique qu'il est temps de se tirer. Charlotte les rejoint et prend sous son épaule le commissaire en piteux état.

75

CHAPITRE 7
Point de non-retour

Le commissaire a beaucoup de mal à se déplacer avec les blessures subies pendant son interrogatoire. Heureusement ses deux auxiliaires de fortune sont là pour l'aider à sortir de l'usine en pleine déflagration. Robby tourne sa tête et repère le prof de karaté qui fait face à la jolie rousse :

« Raph !!! », hurle le mentaliste.

Les deux nephilims se tournent dans la direction des trois survivants quand une déflagration sépare Raphaël et sa sœur. À peine les flammes disparaissent que la jolie rousse en fait autant. Le mentaliste fait signe au rebelle qu'il est temps de déguerpir. Le groupe se dirige vers la sortie de l'usine, lieu où se trouve Ryo, posé sur sa moto :

– Dis-moi Lorenzo Lamas, on se crève le cul à sortir un blessé d'une usine en feu et toi tu te pavanes sur ta Kawasaki 750 GPZ Turbo. C'est pas très catholique tout ça, observe essoufflé Robby.

– Je n'avais pas le choix, je combattais Panama quand il y a eu l'alarme, explique Ryo. Et puis il y avait…

– Hop hop hop ! J'ai dû m'occuper de « Moustache » et puis j'ai dû libérer Chris qui était dans de beaux draps…

– Vous allez la fermer. C'est pas vous qui vous êtes tapés avec votre sœur, lance Raphaël !

– C'est dégueulasse de coucher avec sa sœur…Attends une seconde, s'interrompt le mentaliste. Tu veux dire…la jolie rousse est…

– Ouais. Ma sœur...

Un silence s'abat sur le groupe de rescapés. Comment…
Que dire…

…

…

…

Les sirènes des pompiers et les hélicoptères de la police ramènent le club des cinq à la réalité. Pas le temps de bavarder, il faut se tirer. Un SUV des hommes de Panama se trouve pas loin, le groupe se dirige droit devant.

– Robby, va-t'en avec tes amis, ordonne le commissaire.

– Tu dois tout de suite voir un médecin, on t'emmène, réplique le consultant.

– Écoute, il faut bien que quelqu'un couvre vos arrières et les retiene. On se retrouve où tu sais, fils.

– Je vais rester avec lui, propose Charlotte tout en prenant l'avant-bras du mentaliste. Fais-moi confiance comme je t'ai fait confiance. Tu es le premier à ne pas mourir pour t'être approché trop près. »

Ryo part sur sa moto et Robby et Raph partent dans le SUV pour s'enfuir. Les secours arrivent sur les lieux de l'enfer. Des armes, des seringues, des produits chimiques et des cadavres en pagaille. Les pompiers ont beaucoup de mal à éteindre l'incendie et la fumée recouvre une bonne partie du port de Saint-Nazaire. Les voitures de la police et des dizaines de CRS forment une barrière de sécurité afin que les journalistes et la foule n'aillent plus loin. Apparemment, la police savait qu'un important trafic d'armes se tramait depuis des mois. Un incendie aurait causé de nombreux dégâts et aurait fait de nombreuses victimes. Pendant ce temps sur la route, Robby tente en conduisant de faire des liens avec tout ce qu'il vient de vivre en quelques heures. Et d'y voir plus clair ! Et même en faisant les liens, même en ayant bien compris ce qui se jouait, Robby se sent dépassé. Pour une première enquête à Batignolles, elle est sacrément épicée l'affaire. La nuit sur la route va laisser quelques cicatrices dans l'esprit des trois fugitifs.

CHAPITRE 8
Une petite démonstration

Nos trois intrépides se réfugient chez Gosselin au beau milieu de la nuit. Ce dernier habite dans une grande maison de campagne très conviviale et chaleureuse à côté de Versailles. Sa femme est surprise de voir Robby dans un tel état : comme ses deux camarades, il est trempé, ses vêtements et son visage plein de suie. Elle leur indique où se trouve la salle de bain. Raphaël s'y dirige le premier. Appuyé sur le lavabo, il se regarde dans le miroir. En observant ses blessures, il entend un ricanement dans son dos. Il se sent observé. Dans le miroir, sa silhouette se déforme, une voix résonne dans sa tête.

« Tous ces morts...
C'est bien ! Mais pourquoi as-tu laissé ta lucidité
reprendre le dessus ?
La colère te rend tellement puissant ! »

Raphaël met un énorme coup-de-poing dans le miroir. Le bruit du verre brisé le réveille brusquement.

– Ça va ? demande Ryo en posant sa main sur l'épaule de Raphaël, qui est assis à côté de lui sur le canapé.

– Ouais ouais ça va, répond Raphaël en se frottant les yeux. Je suis monté à la salle de bain ?

– Non, tu t'es assoupi sur le canapé, il y a à peu près une demie-heure.

Raphaël, très étonné, se retourne brusquement lorsqu'il entend Robby hurler à l'étage. Il se précipite avec Ryo, ouvre la porte et voit Robby à terre.

– Qu'est-ce qui s'est passé Psy, demande Raphaël ?

– Le miroir m'a explosé en pleine face !

Raphaël a le regard submergé par le miroir brisé. Les questions fusent. Une coïncidence ? Un rêve ? Malgré les quelques petites coupures sur le visage, le mentaliste remarque que Raphaël est perturbé par quelque chose dont il ne veut pas parler.

*
* *

Le lendemain matin, Raphaël est le premier réveillé. Il tourne en rond dans la maison de Gosselin, seule la femme de ce dernier parvient à capter son attention. Dans la cuisine, il l'aide à concevoir des bouquets de fleurs. Robby appuyé discrètement contre le bâti de porte, observe. Ryo s'approche et tous les deux observent la scène ensemble. Le pasteur sourit et tape sur l'épaule de Robby qui reste bras croisés tout en continuant à observer. Puis soudainement, on entend des bruits de pas qui dévalent l'escalier à toute allure.

– On a un problème Fils, lance Gosselin à Robby.

– Laisse-moi deviner... Castin ?!

– Il n'a pas apprécié que tu l'humilies avec sa lame l'autre fois et il vous a fichés au grand banditisme.

– Il nous trouvera pas. Cet abruti trouverait pas Mesrine dans un paquet de chips, réplique Raphaël !

À peine finit-il sa phrase que la porte d'entrée est défoncée par un bélier et le bruit d'une fenêtre cassée se fait entendre. Une équipe de plusieurs hommes armés débarque brutalement dans la maison des Gosselin. Chaque homme armé porte une tenue de combat avec écrit RAID dessus. Ryo est plaqué au sol dans le salon, par un homme qui le bloque avec son fusil d'assaut sur le torse. Un autre le surveille à distance. Dans le couloir qui mène à la cuisine, deux hommes tiennent en joue Robby, qui reste calme. Raphaël se met en protection devant Madame Gosselin et attrape son MP5 K. Il le pointe sur Castin qui braque son flingue en direction de Gosselin, qui a dégainé son glock. La tension est perceptible, personne n'ose bouger. Il règne un silence de plomb pendant quelques secondes. Deux agents du RAID viennent finalement le perturber. L'un d'entre eux se rapproche de Raphaël.

– Lâche ton arme, hurle un des soldats au rebelle !

– Enlève ton fusil de la tête de cette femme tout de suite, menace le prof de karaté en gardant le flingue pointé sur Castin.

Pendant que ces deux-là se fixent dans les yeux, l'autre agent se met à tirer sur Raphaël en touchant sa jambe droite.

« Liliane, à terre, crie Gosselin ! »

Le rebelle tire sur l'agent près de lui et se colle à lui pour s'en servir de bouclier. Pendant que l'autre tireur fusille son ancien coéquipier, Raphaël en profite pour lancer une sphère d'Euphoria qui immobilise le tireur. Dans le même temps, les deux hommes qui surveillent Robby fixent quelques instants la scène, ce qui donne le temps au consultant de sauter et de prendre avec les jambes en ciseaux un premier tireur, puis de saisir par le col le deuxième soldat et de les emmener dans sa chute. Le premier s'évanouit, prisonnier des jambes du mentaliste et le second, en voulant se redresser finit par s'évanouir avec un violent coup de poing sous le menton. Quant à Ryo, il écarte la pointe du fusil de son torse et donne un violent coup de pied dans les parties de son agresseur qui en a le souffle coupé. Il roule sur le côté pour faire tomber le second tireur. Il se relève et l'assomme en écrasant son pied sur sa figure. Il rejoint l'autre agresseur et d'un point chargé en énergie blanche, il décoche un uppercut qui le met KO. Chris Gosselin couvre les arrières de ses trois protégés en criblant de balles Castin qui court se cacher derrière le mur de l'entrée. Au milieu de toute cette agitation, une épaisse fumée noire apparaît au milieu du salon.
– Je vous laisse en compagnie de mon ami, lâche Castin en s'enfuyant.

De cette fumée apparaît un homme vêtu d'une toge comme au manoir Maurin. Alors que Gosselin relève sa femme qui est profondément choquée, Ryo, Robby et Raphaël se tiennent tous les trois en ligne face au mage noir. Ce dernier s'avance vers eux, très lentement. Robby ordonne à Chris de se mettre à l'abri afin qu'ils s'occupent tous les trois de l'intrus. Ryo lance une boule d'énergie

blanche sur le mage noir qui ne réagit pas à l'impact. Le mage lui lance à son tour une sphère noire , il l'évite de justesse. Robby saisit un fusil et lui tire dans les jambes. Déstabilisé, l'individu en toge se reprend rapidement et propulse le mentaliste d'une main dans les placards muraux de la cuisine. Raphaël fonce droit sur le mage, saute, paré de son poing chargé en énergie noire. Il est cependant stoppé net dans son élan, immobilisé en lévitation.
– J'ai besoin de toi pour sortir, lui dit le mage avec une voix rauque.

Il le saisit par le cou et d'une autre main fait léviter Ryo qu'il propulse au plafond. Le choc avec le sol est si fort qu'il s'évanouit. Le mage se met alors à réciter une incantation maléfique dans une langue inconnue. Le ciel s'assombrit et il se met à pleuvoir à flots. Raphaël se sent de plus en plus faible, comme si son énergie se vidait et ses yeux sont injectés de sang. Une fois son incantation terminée, le sol se met à trembler, d'énormes éclairs apparaissent dans le ciel, l'atmosphère est lourde. Une ombre semblable à celle dans la cave du manoir semble émerger du mage et forme une aura autour de lui. Il sort de la maison ainsi que les soldats qui commencent à se lever du sol, les bras et les jambes ballantes, laissant les trois combattants à leur sort.

*

* *

Un immense nuage rouge et menaçant est au-dessus de la tour Montparnasse. Il est éblouissant. Des éclairs zèbrent le ciel dans un grondement assourdissant. La nuit commence à tomber. Les gens courent dans les rues, pris de panique. Tout le monde se piétine, des affaires, des courses et même des voitures sont abandonnées sur la route. La foule évacue dans la bouche de métro. Les volets des bâtiments se ferment. Les gens hurlent, certaines personnes agenouillées au sol et figées fixent le nuage. Des militaires, pompiers et policiers sont déployés dans les rues, des hélicoptères de l'armée ainsi que les médias affluent autour du mystérieux nuage.

*

* *

Le commissaire revient dans sa maison mise à rude épreuve après le passage de Castin. Les hommes qui l'accompagnaient ont disparu et les trois compagnons sont inconscients. Il se dirige d'abord vers Robby qui est recouvert par le mobilier de la cuisine. En enlevant les gravats, le bras du jeune homme se met à bouger et le mentaliste se relève, avec peine.
– Que s'est-il passé, demande Gosselin ? Que vous est-il arrivé ?
– Si je te le disais, tu aurais du mal à le croire.
Ils vont ensuite vers les deux autres, inconscients ; Ryo arrive à se relever avec un douloureux mal de crâne, mais Raphaël ne revient pas à lui. Quand soudain, il ouvre les yeux. Ils sont blancs. Un vent se propage dans la maison. Raphaël se met à parler, sa voix est gutturale et il se met à léviter. Robby reste à terre et ne comprend pas ce qu'il se passe. Raphaël récite une incantation dans le même dialecte que le mage noir. Ryo tente de contrer son incantation avec sa magie blanche mais sans succès.

86

Raphaël se tord dans tous les sens, il semble se débattre de toutes ses forces, puis il s'évanouit.

*
* *

Un monstre gigantesque sort du nuage au-dessus de la tour Montparnasse. Il est doté d'une grande mâchoire entourée de lèvres noires dégoulinantes d'un liquide visqueux mélangé à du sang, sa langue est sans cesse en mouvement et lui donne un air malsain. Ses yeux ténébreux sont remplis de haine et de perversité. À titre de comparaison, une seule de ses dents représente la taille d'une voiture. Ses deux bras sont jonchés d'énormes veines, le bas de son corps possède des tentacules, chacune aussi grande qu'un bâtiment de dix étages. Quatre longues pattes de chaque côté de son dos, telle une araignée, remuent sans arrêt. Son buste arbore plusieurs têtes d'humains et de démons qui semblent vouloir s'échapper à travers sa peau et on peut entendre le cri de leur souffrance. Des braises les consument en permanence.

*
* *

Raphaël reprend conscience et lâche spontanément : « Tour Montparnasse ». Ils sortent tous les quatre de la maison et remarquent que le temps est sombre et un épais nuage au loin. Gosselin demande des infos à Batignolles sur la situation dans la capitale : un gigantesque monstre a créé un mouvement de panique vers la tour Montparnasse ! Tout le monde est abasourdi.

Pourtant au fond d'eux, ils le savent… Les trois compagnons se dirigent alors dans la voiture de Gosselin.
– Allez-y ! lance le commissaire. Je vais appeler du renfort pour sécuriser le périmètre et évacuer les lieux.

*

* *

La pluie suit les trois compagnons jusque dans les rues de Paris. La panique continue de s'étendre. C'est un chaos complet. Avec difficulté, ils s'approchent autant que possible de l'épais nuage. Après plusieurs minutes sur la route, et non loin de la tour, continuer en voiture est devenu impossible. Ils sortent du véhicule pour continuer à pieds. Le démon fait éclater le bitume. Ils marchent sur les toits des voitures abandonnées. Des centaines de morceaux de béton lévitent autour de la tour. La créature en envoie même sur la foule. Gosselin fait évacuer le maximum de gens avec une dizaine de ses hommes. Il aide des personnes à sortir d'un bus du foyer de vie pour handicapés coincé par les gravats de béton. Raphaël ralentit. Attiré par des flammes, il aperçoit un rabbin, un prêtre et un imam se tenir les mains et prier ensemble. Le bruit de toute cette folie autour d'eux ne semble pas les atteindre. Le rebelle observe également les forces de l'ordre et les pompiers porter secours aux gens blessés, malgré le danger et le manque de matériel. Robby, voyant les mêmes événements, tire sur le t-shirt du rebelle et le regarde droit dans les yeux avec ses lunettes noires pendant quelques instants. Puis il dirige la tête de son ami vers le monstre au-dessus de la tour Montparnasse.

– Je sais que tu veux aider les aider, devine Robby. Mais on a Godzilla qui nous attend. Dès qu'on a fini, on ira les aider.

Le mentaliste le relâche et rejoint le pasteur quelques mètres plus loin, Raphaël sourit et suit le mouvement. Ils arrivent à présent devant la tour. Ils entrent dans le hall totalement vide et se dirigent le plus vite possible vers les ascenseurs pour monter rapidement les cinquante-neuf étages. Arrivés en haut, la brume rougeâtre laisse apparaître le fameux démon.

– Qu'est-ce que c'est que cette merde ?!, demande Robby désemparé.

– On va se l'faire, lance Raphaël !

– Et avec quoi, répond Robby ?

– On invoque le pouvoir des trois ?!

– Même dans un moment pareil, tu penses cinéma, réplique Ryo en haussant les épaules.

Ce dernier envoie une sphère de magie blanche sur le démon, ce qui le met encore plus en colère. Il met un énorme coup de patte dans un des hélicoptères autour de la tour, qui explose brutalement en plein ciel. L'explosion propulse les trois hommes au sol. Une des pales des hélices frôle Robby et Raph tandis que Ryo évite une porte enflammée. La carcasse de l'hélicoptère en flamme vient s'écraser au sol. Raphaël voit rouge. Comme chez les Gosselin, il lévite à nouveau et ses yeux deviennent rouge vif. Il envoie un énorme éclair et vise le crâne du démon, dont la tête se met à fondre. Il se met à hurler et est encore plus en furie. Ryo se met à prier. Robby utilise les dernières balles du glock de Gosselin, pour affaiblir le mage dont la tête dépasse du démon. Le monstre semble diminué et il commence à s'évaporer. Le démon disparaît vers un petit portail qui s'ouvre dans le ciel. Ryo prie pour les âmes prisonnières de cet être infâme. Le mage noir qui faisait partie du démon retombe sur le toit de la tour. Il traverse violemment l'abri en verre. Plusieurs débris de verre parsèment le toit de la tour. Le mage en sang se relève vite au milieu de toute cette pluie. La brume s'est dissipée avec le nuage mais il fait toujours nuit. Les trois hommes encerclent le mage. Raphaël assène le mage de plusieurs coups-de-poing au visage, puis Robby lui met deux coups de genou dans le thorax. Le mage affaibli propulse le consultant par son pouvoir télékinésique sur des chaises et des tables, qui se brisent sous l'impact de la chute. Ryo se jette sur le mage, le saisit par le bras et le maintient par une clé de bras. Raphaël pousse un cri et lui met un énorme coup de pied circulaire dans la tête. Courbé en arrière, le cou du mage se casse net et on entend un craquement. Il s'écroule au sol. Peu de temps après, son corps disparaît dans une fumée noire. Après toute cette agitation, les trois hommes se regardent essoufflés sans un mot. Quelques minutes plus tard un hélicoptère arrive au-dessus de la tour. À l'intérieur se trouve Gosselin avec un de ses amis pilote. Nos trois héros montent à bord et s'en vont avant qu'une bande de journalistes sans scrupule et d'autres forces de l'ordre n'arrivent.

*
* *

Le commissaire déclare aux médias :
– Les trois hommes accusés à tort de terrorisme par le commandant Léon Castin sont morts durant l'attaque

surnaturelle et aucune preuve d'acte terroriste de leur part n'a été trouvée. Cependant, je tiens à dire que mon collègue et ami Robby Constentin était comme un fils pour moi et les deux personnes qu'il côtoyait cherchaient à nous aider. Léon Castin était également un ami de longue date. Mais il était sans scrupule et fréquentait des personnes dans le milieu de la drogue, du trafic d'armes et d'êtres humains. Il participait également à de la criminalité en bande organisée.

*
* *

Plus tard, trois cercueils descendent sous terre. Un rabbin et un prêtre sont présents. Au loin sous la pluie, les trois nouveaux morts, cachés derrière une sépulture, observent la mise en scène.

– C'est étrange d'assister à notre propre enterrement. Il y a même une femme qui pleure près de ton cercueil, dit-il en se tournant vers le mentaliste.

Robby, très intrigué, reste silencieux .

– Ce monstre est venu grâce à moi, reprend Raphaël à voix basse. Mon passé est tellement flou…

– Oui, mais tu vas pas nous jouer le mec qui se croit responsable de tout cela et qui culpabilise ? Et puis tu as utilisé tes pouvoirs pour sauver des vies. Malgré que tu ignores leurs origines, tu en as fait le choix, lui répond Robby en souriant.

*
* *

Quelques jours plus tard, Raphaël, Ryo et Robby ont déménagé discrètement leurs affaires dans le vieux théâtre que la mère du prof de karaté lui a légué. Il est isolé dans des rues vides loin de Paris et pas simple à localiser. La seule personne qui connaît l'existence de ce théâtre est le commissaire Gosselin, présent au milieu des cartons.

– Ce théâtre est assez grand pour nous trois ! Vous êtes chez vous, dit le rebelle.

 Ryo demande à Gosselin des informations sur la suite des événements.

– Castin et Panama, comme vous l'appelez, ne tarderont pas à refaire surface. Et avec ce que j'ai déclaré à la presse, il risque de démissionner et de former un groupe de salopards. Nous n'avons toujours pas retrouvé la trace d'Ophélia.

En s'installant, Raphaël découvre une grande et solide armoire. Il l'ouvre et constate qu'elle est remplie de divers types de sabres et autres armes blanches.

– Ma mère produisait des pièces de théâtre, ça a dû servir pour des représentations. Mais toutes ces armes blanches en sont de vraies, ou c'était peut-être à son mari. Je ne l'ai pas connu...

Parmi tout ce bazar traîne également divers scripts et dialogues. Le chat de Raphaël en renverse une pile.

– Figaro, c'est bien ça ? demande Ryo en le caressant.

Raphaël répond que oui.

– En plus d'être accro aux films de série B, tu regardes des Disney ? demande Robby avec un air taquin.

Raphaël sourit et ramasse les feuilles par terre. En jetant un œil, il lit le titre du script de la pièce. « Les Gardiens de l'Espoir » écrit et produit par Matiya Stern.

CHAPITRE 9
Quand le passé
refait surface...

Raphaël a réaménagé le vieux théâtre avec ses affaires et déplacé de vieux meubles qui traînaient là pour lui et ses deux acolytes. Robby arrive dans la soirée. Les deux hommes échangent sur le fait qu'ils vont devoir vivre dans l'ombre :

– Ça ne change pas grand-chose pour moi tu sais, Robby.

– Oui, tu es un être de la nuit.

– Tu ne crois pas si bien dire...

Dans la soirée, Gosselin leur rapporte de quoi manger. Comme d'habitude, Raphaël se met à dévorer. À table, Ryo fait remarquer solennellement que jouer au justicier peut être dangereux.

– Justement ! C'est comme dans une série TV !

– Tsss t'es pas croyable ! Tu crois qu'ici c'est notre repaire ? Qu'on va installer un Raph-signal sur le toit ?

– Aaaah c'est pas une mauvaise idée !

Ryo soupire et s'en va. Robby, souriant dans sa barbe, rattrape Ryo.

– Tu vas où? demande Robby.

– Je ne sais pas... Mais il m'exaspère...

– Un problème ? lance Raphaël avec arrogance en se levant de sa chaise.

– Les gars, on se calme ! On est tous perturbé par les derniers événements. C'est normal !

Raph acquiesce lentement qu'il n'y a pas de problème, mais toujours avec son regard noir. Robby rappelle à ses deux compères qu'ils doivent toujours rester prudents et en contact.

Le pasteur sort du théâtre par l'entrée des artistes, prend sa moto et s'en va en direction du quartier japonais de Paris, près de l'Opéra. Après s'être faufilé dans les bouchons parisiens, il se gare devant un restaurant japonais. Il entre, regarde autour de lui brièvement puis se plonge dans les spécialités du restaurant. Alors qu'il attend qu'un serveur vienne à sa table, il voit un homme japonais s'installer. Cheveux courts, vêtu d'un costard noir, sans cravate avec une chemise légèrement déboutonnée, décontracté, il boit tranquillement son whisky. Le pasteur n'arrête pas de le fixer. Il observe qu'une phalange de son annulaire gauche est coupée, et qu'il porte un bracelet vert à perles. Ryo reconnaît cet homme, se lève et s'avance à sa table :

– Hey ! Où as-tu eu ce pendentif ?

L'homme à l'annulaire manquant s'étonne et parlant dans sa barbe, il prononce en japonais : « Impossible... »

Il se lève le regard plein de rage et tente d'empoigner Ryo par le col, qui reste cependant impassible. Les autres clients regardent la scène, et un serveur s'approche:
– Monsieur, pas de débordement ici, s'il vous plaît.
– Allons dehors, dit Ryo.

Les deux hommes sortent du restaurant et se dirigent vers une ruelle adjacente. L'homme japonais se met soudainement à courir. Ryo le poursuit sur une longue distance jusqu'à rentrer dans un bâtiment. Dans un hall moderne, deux hommes japonais, l'un mains nues, et l'autre armé d'un bâton, s'approchent de lui.

Le pasteur bloque l'homme armé d'un bâton, le repousse avec un coup de pied au ventre tout en subtilisant son bâton. Avec cette arme, il frappe les jambes de l'autre homme pour le faire tomber. Le premier revient à la charge mais Ryo exécute un coup de pied à l'abdomen qui le coupe dans son élan. Le second se relève mais Ryo l'assomme avec son bâton.

Il monte au premier étage, rempli de bureaux. Un autre homme fonce sur lui avec un couteau dans la main droite. Ryo le désarme avec le bâton et l'envoie sur le mur avec un coup-de-poing chargé d'énergie blanche. Un quatrième homme fonce sur lui et tente de lui prendre le bâton, mais Ryo le lâche pour mieux le surprendre avec un coup de pied circulaire l'envoyant sur une vitre de bureau qui se brise. Le pasteur rentre dans un open-space où se trouve l'homme du restaurant, entouré de deux hommes. Une femme est ligotée dans un coin de la pièce, les yeux couverts par un foulard.
– Nishimura , ce bracelet ne t'appartient pas, crie Ryo. Rends-le-moi.

– C'est par ta faute que mon doigt a été coupé ! Tu vas le payer espèce de chien, réplique le japonais.

–C'est à cause de tes potes que Kenji a été assassiné... Et tu oses comparer la perte de mon ami à celle de ton doigt ?

– Meurs !

Les deux hommes sortent chacun un tantô[8]. Ryo concentre l'énergie sacrée dans ses poings. Il évite un coup du premier homme, un coup du deuxième, saute sur une table et rebondit pour donner un coup de pied sauté au visage du premier, le faisant tomber. Il enchaîne ensuite avec une balayette qui fait tomber le second. Avant que le premier ne se relève, Ryo l'assomme avec un premier coup-de-poing chargé, et assomme le second qui vient de se relever avec un uppercut.

Nishimura prend une des lames et essaye de frapper Ryo avec, mais ce dernier esquive sur le côté et lui attrape le bras pour le balancer contre le mur.

Le regard de Ryo est rempli d'une lueur blanche qui contraste avec la colère qui se traduit dans la voix du pasteur :

– Maintenant on va parler tous les deux, le relevant par le col et le regardant froidement. Qu'est-ce que tu fais ici ?

– Il y a plusieurs années, après l'affaire où ton pote était impliqué, mon patron s'est mis en colère. Il m'a ensuite laissé une nouvelle chance en m'affectant à un service de relations à l'étranger. Le patron n'aimait pas trop collaborer avec les gaïjins, mais un homme se faisant appeler Panama lui fournissait de bons services, s'il lui donnait des cobayes pour ses expériences.

---

8 Tantô : couteau japonais légèrement courbe à un seul tranchant dont la taille de la lame est inférieure à 30 cm

– Panama… Des expériences de quoi ?

– Je n'en sais rien ! Je le jure ! Et cette femme fouinait dans nos affaires, du coup le patron nous a dit de l'enlever et de la livrer comme cobaye aussi, pour que ça lui serve de leçon !

– Qui est ton patron ?

– Genta Hanzaki, patriarche de la famille Hanzaki, au sein du clan Shibara. C'est lui qui nous a ordonné de récupérer de la marchandise pour un de ses projets, mais ton pote a tout fait foirer ! Il travaillait avec nous en tant qu'intermédiaire, mais a renversé la marchandise ! Le projet était d'amener des produits chimiques spéciaux à une de nos filiales à Osaka. Les produits allaient ensuite être vendus à un contact du patron surnommé « La Panthère ». Mais nous n'avons jamais vu son visage vu que ton pote a tout fait échouer.

– Donne-moi le nom de celui qui a exécuté Kenji et Hikari, insiste Ryo en serrant de plus en plus fort le col du japonais.

– Il s'appelle Nobu Suzume. Mais il a disparu peu après. Les trois autres ont été en prison, moi je me suis échappé.

– Il a disparu ? Comment ça ?

– Je te jure que je ne sais rien de ce qui lui est arrivé ! Je ne sais rien ! Faut dire que le patron lui en veut aussi, il n'a pas intérêt à réapparaître de sitôt.

Ryo lui assène un coup de poing qui le rend inconscient. Il libère la femme japonaise de ses liens. Elle est habillée avec une veste et un pantalon noir, des chaussures à talons courts, les cheveux en queue de cheval haute, un visage d'une beauté froide.

– Vous allez bien ?

– Oui, je vous remercie, répond la jeune femme.

– Comment vous êtes-vous retrouvée mêlée à cette histoire ?

– Je suis de la police de Tokyo. J'étais en train d'enquêter sur Nishimura et les actes de son groupe.

– Quoi ? Qu'est-ce qu'une femme flic du Japon vient faire ici à Paris ?

– En enquêtant, j'ai appris qu'ils partaient à Paris. Alors je les ai suivis jusqu'ici. Ma hiérarchie était trop lente alors j'ai pris les devants.

– Et vous vous êtes retrouvée dans le pétrin... Enfin bon c'est fini maintenant.

– Cela dit, Nishimura a divulgué des informations utiles. J'ai entendu parler de « La panthère ». Son lieu de résidence principal serait à Tokyo. Mais vous, comment se fait-il que vous connaissiez des yakuzas ?

– C'est une longue histoire.

– Vous n'auriez pas fait des choses douteuses avant ?

– Ça ne vous regarde pas. Je n'ai plus rien à voir avec eux.

La femme reste curieuse.

– Cette enquête risque de me coûter ma carrière. Mais j'ai le sentiment que vous êtes lié d'une manière ou d'une autre à mon enquête. Je vais avoir besoin de votre aide !

– Vous vous engagez dans un chemin dangereux.

– Oh, ça va, je sais me battre. Mais là j'étais désavantagé par rapport au nombre.

– Si vous le dites. Au fait, quel est votre nom ?

– Megumi Kuramada, répond la jeune policière.

– Ryo Vali, en serrant délicatement sa main.

Ryo voulait saisir cette opportunité. La créature qu'il avait vue avant l'explosion de la base de Panama ressemblait étonnement à Kenji. Si c'était lui, que lui est-il arrivé ?

Était-il encore vivant le jour du drame ? Ryo et Megumi sortent du bâtiment discrètement.

*

* *

La police arrive sur les lieux et menotte une dizaine de japonais. Pendant ce temps, le pasteur et la policière continuent à marcher sur les quais de Seine.
– Que comptez-vous faire maintenant ? demande le pasteur.
– Je repars dans deux jours à Tokyo. Mais d'abord, je dois vous poser une question : d'où connaissez-vous cet homme, Nishimura ?
– J'avais un ami yakuza à l'époque où je vivais au Japon. Lui et sa sœur sont morts à cause des collègues de Nishimura.
– Un « ami » chez les yakuzas ?
– Après leur mort, j'ai décidé de partir du Japon. Mais maintenant je veux découvrir la vérité concernant cette affaire.
– J'agis dans le cadre d'une enquête officielle, ce qui n'est pas votre cas. J'ai besoin de votre collaboration, mais attention ! Vous n'êtes pas agent de police, non ?
– En effet, je suis pasteur.
– Pardon ???
– Vous n'avez pas idée de ce qui se trame en ce moment... ce n'est pas un simple combat contre des mafieux.
– Vous êtes une personne censée prêcher la bonne parole, lance-t-elle avec un sourire en coin. Vous allez me protéger des forces du mal, alors ?

101

Ryo est décontenancé. Revenir au Japon...

*

* *

Il rentre à la planque, l'air inquiet sans croiser le regard de Raphaël ou celui de Robby et file directement dans sa chambre. Il est dérangé par le fait de les mettre au courant sur son départ au Japon, ainsi que son passé avec les yakuzas. Surtout pour Raphaël et son côté impulsif qui serait problématique pour la discrétion. Et puis, il est décidé de tirer un trait sur le passé une fois pour toute. Une journée se passe, durant laquelle le pasteur reste dans sa chambre, ne sortant que pour manger. Ses deux acolytes se demandent pourquoi il reste isolé, ce à quoi il prétend être malade. A la nuit tombée, il prend quelques affaires dans un sac, dont un faux passeport japonais, et sort de la planque sans dire un mot. Le matin, aux aurores, Robby trouve une lettre sur la table de la cuisine. Il y est écrit :

« Je dois m'absenter quelques temps. Je suis désolé mais je vis quelque chose que seul moi peux régler. Prenez soin de vous. Ryo »

Robby soupire. Raphaël arrive, des cernes immenses sous les yeux, une morsure dans le cou et en enlevant sa veste, des griffures plein les épaules.

– Tu t'es battu avec une chatte ? dit Robby avec ironie. Il sourit.

Raphaël lui sourit en retour ...

– Bon il se passe quoi ? »

– Regarde cette lettre.

102

– Qu'est-ce qu'il nous fait lui ???

Robby reçoit un sms de la part de Gosselin :

« Arrestation d'une dizaine de personnes près des quais de Seine, rejoignez-moi tout de suite.»

Une heure plus tard, Gosselin les retrouve près des quais de Seine et leur fait un topo de la situation. Un homme portant une croix autour du cou a poursuivi un homme japonais et ensuite plusieurs hommes lui sont tombés dessus. Tous mis KO par l'homme à la croix. Des témoins l'ont vu sortir du bâtiment avec une femme aux traits asiatiques. Ces hommes font partis de la mafia japonaise et pour l'instant, ils refusent de parler. Pendant que le commissaire est de train de terminer le debriefing, Robby écrit, dessine et fait des schémas incompréhensibles pour Raphaël. Puis il s'immobilise, comme si son esprit partait dans un autre monde. Il parle dans sa barbe, fait des gestes avec ses bras dans tous les sens. Les seuls mots que comprend Raphaël sont *Panama*, *Ryo* et *D-MON*. Il se dirige vers un japonais au cheveux courts et au costard noir. Il lui montre son smartphone, et ce dernier se met à attraper le téléphone, mais il est rapidement immobilisé par deux agents.

– Ahh, ce pasteur me vend du rêve ! Direction le Japon pour le ramener par la peau des fesses, dit Robby en ramassant son smartphone.

– Euh, tu peux me dire qu'est-ce qui t'amène à penser qu'il est parti au Japon ? Demande Raphaël.

– Tous les hommes arrêtés ce soir font partis des yakuzas. Quand j'ai montré la photo de Ryo à notre ami, il a exprimé une micro expression de colère et de dégoût, ce qui exprime un sentiment de haine selon la synergologie. Les yakuzas sont reconnus pour être impassible lors d'un interrogatoire. Le voir s'énerver ainsi ne fait aucun doute : j'en déduis que Ryo a un passé avec les yakuzas. Il veut certainement régler une affaire personnelle.
– Ah le connard! Il est parti profiter du Japon sans nous ! s'énerve Raphaël.
– Vous allez devoir le rejoindre d'une manière ou d'une autre, avant qu'il ne fasse des bêtises…, affirme Gosselin.

*

* *

Dans le vol Paris-Tokyo, Megumi partage certaines informations à Ryo. La panthère est le surnom d'un criminel que la police a recherché des années durant. Il a traité avec Panama, il y a plusieurs années. Mais la police a perdu sa trace. Le patriarche Hanzaki, selon Melle Kuramada, a disparu !

CHAPITRE 10
Trouver la lumière

Ryo et Megumi arrivent à Tokyo après de longues heures de vol. Il pleut ce matin. Depuis l'aéroport de Haneda, la policière prend un taxi, tandis que le pasteur prend le métro jusqu'au quartier de Nippori. Il a contacté au préalable une vieille connaissance qui y vivait, afin de prendre la température de l'ambiance au sein des yakuzas. Dans l'après-midi, il prend la Yamanote Line pour se rendre directement à Shinjuku en début de soirée. Dans le métro, il pense à Raphaël et Robby. Mais il voulait trouver un moyen d'en finir une bonne fois pour toute et le plus vite possible avec son passé. Il avait besoin d'être seul.
Il décide alors de retrouver quelqu'un qui pourrait l'aider à dénicher Hanzaki. Dans un coin du district de Shinjuku se trouve le quartier de Kabukichō. Ce quartier chaud de Tokyo, bercé par des musiques fortes dans certains établissements et décoré par une surenchère de néons. Dans son passé, Ryo s'y est amusé avec Kenji. Les

yakuzas ont la main mise sur le quartier avec ses « host et hostess clubs », ses cabarets, les « love hotels » et les soaplands[9] ; ce n'est pas vraiment le genre d'endroit pour faire des choses saines la nuit ! Mais les activités des yakuzas étant concentrées là-bas, Ryo devait y aller. Ce lieu est rempli d'arnaques pour les touristes : certains bars et autres endroits sont réputés pour avoir un divertissement douteux, mais Ryo se sent à domicile. À force d'y mener des batailles il y a de nombreuses années de cela, il a acquis une réputation telle que même sans faire partie des yakuzas, il a le respect de certains d'entre eux. Arrivé à l'arche de néons à l'entrée du quartier, Ryo est envahi par un sentiment assez lourd. Il se rappelle de l'époque où il parcourait les rues avec son ami Kenji. Toujours en costard noir, chaussures bien cirées et cheveux longs en queue de cheval, ce dernier partageait avec Ryo des takoyakis[10], les cocktails en boîte sans oublier le karaoké et les filles. Le pasteur rentre dans un izakaya[11]. Le gérant le reconnaît ; Ryo s'assoit en face du

---

9 Soapland : maison close, en général de luxe, à l'intérieur de laquelle les clients peuvent se livrer à des massages érotiques ou encore à des activités sexuelles avec des prostituées appelées « companions » (de l'anglais *companion* qui signifie « petite amie »). Ces établissements sont officiellement répertoriés comme des bains réservés aux membres d'un club.

10 Takoyakis : mets de la cuisine japonaise se présentant sous forme de boulettes de pâte, semblable à la pâte à crêpe, contenant des morceaux de poulpe, cuites en moule, comme les gaufres. Ils sont généralement vendus par 6 ou 10 dans une barquette.

11 Izakaya : L'*izakaya* occupe au Japon la place du bistrot ou du bar à vin en France, du pub en Angleterre ou du restaurant à tapas en Espagne. Littéralement, l'*izakaya* est un lieu où l'on sert des boissons alcoolisées.

comptoir et commande un Shochu[12] au cassis. Le gérant s'assoit devant lui :

– Qu'est-ce qui t'amène ici ? Des dernières nouvelles que j'ai eues te concernant, tu es devenu un homme d'église ?

– Oui, j'ai changé de vie. Mais je suis venu mettre un terme à certaines choses qui traînent encore. Je suis ici pour peu de temps, alors je vais être bref. Sais-tu où se trouve le vieux Daigo ?

– Pourquoi tu veux le retrouver ? Je croyais que t'avais définitivement coupé les ponts avec les yakuzas ? La vie est de plus en plus dure pour eux, les policiers sont moins tendres maintenant.

– J'ai découvert la vérité sur ce qui a pris ses enfants. Il a le droit de savoir.

– T'es sérieux ? Mais tu vas te faire tuer !

– Justement, il y a des événements qui vont m'aider à régler cette affaire une bonne fois pour toute.

Le gérant cède. Connaissant Ryo, il savait que ce dernier aurait été capable de remuer tout Tokyo pour trouver ce qu'il voulait.

– Bon... ok. Daigo Shibara s'est installé à Ueno, près du parc.

– Merci. Je t'en dois une.

Soudain, une fille locale, cheveux teints en blond, habillée en robe satin bleue, sac à main en cuir et maquillage à gogo, interpelle Ryo d'une voix aguicheuse.

– Ryo-chan !

---

12 Shochu : boisson alcoolisée japonaise distillée principalement à partir de riz, d'orge, de sarrasin, de patate douce ou sucre brun mais parfois aussi de châtaigne, shiso… Cette eau-de-vie vient de Kyūshū au Japon et contient de 20 % à 45 % d'alcool.

– Mayumi, répond le pasteur face à la jeune femme qui essaye de le prendre par le bras.
– Alors, tu es de retour depuis tout ce temps ? Comment as-tu pu me laisser sans nouvelles ?
– Désolé, je n'ai pas le temps de parler. Une autre fois.
Ryo se dégage de l'étreinte de la jeune femme, qui a l'air déçue et qui l'interpelle à nouveau.
– Mais enfin Ryo-chan, Tu ne veux pas t'amuser avec moi ?
– Pas le temps ! Et de toute façon, j'ai changé de vie.

*
* *

Dans l'avion où se trouvent Raphaël et Robby.
– C'est quoi ce truc que tu regardes sur ton ordinateur ? dit Robby interloqué. C'est moche ! Le mec avec son casque de sauterelle, il se bat contre des monstres en plastique devant des décors en carton-pâte !
–Tu plaisantes, c'est vachement réputé au Japon ! C'est kitsch pour beaucoup mais pas pour moi, les héros sont trop badass. Tu sais que même Ryo regarde ça parfois ?

*
* *

Ryo se rend au quartier d'Ueno. Il se rend à l'adresse indiquée sur le papier, dans une ruelle pas loin du parc. Il frappe à la porte de la maison quand vient lui ouvrir un homme aux cheveux gris en brosse, avec une moustache et une barbe, approchant la soixantaine, et portant des lunettes à montures noires.

108

– Ryo ? Toi ??

– M.Shibara. Désolé pour le peu de nouvelles.

À l'intérieur de la maison du patriarche yakuza sont placardées beaucoup d'estampes japonaises et des répliques de katana accrochées aux murs. La femme de Daigo, une dame avoisinant les 50 ans, habillée d'un gilet rouge et d'une robe noire, les cheveux en chignon, sert le thé à son mari et à Ryo.

– J'ai appris de par certains contacts que tu es devenu pasteur ?

– J'ai eu une nouvelle vie pour me soigner des démons du passé. Et ça marche.

– Vraiment ? Je me demande s'il est possible de guérir des blessures du passé...

– Je suis venu à vous car j'ai besoin de votre aide. Il y a de nouvelles pistes dans l'histoire de la mort de Kenji et Hikari.

– Quoi ?!?

– À l'époque, vous n'aviez pas pu obtenir le corps de Kenji car il avait disparu. Les funérailles ont eu lieu de manière symbolique. C'est un peu long à expliquer comment, mais j'ai eu des nouvelles de lui en France. Je peux vous certifier que le corps a ensuite été récupéré par un dénommé Panama.

– Impossible...

– À l'époque où je sortais avec vos enfants, je travaillais pour lui. Nous avons eu des désaccords et nous nous sommes quittés. Mais à Paris, j'ai eu la surprise de rencontrer un certain Nishimura, sous les ordres du patriarche Genta Hanzaki. Il est un de ceux qui ont fait du mal à Kenji et Hikari. Il m'a donné l'identité de celui qui s'est occupé de leur exécution, un certain Nobu Suzume.

Mais celui-ci a disparu. Il devait livrer de la part de Hanzaki des produits chimiques à un homme surnommé « La Panthère », mais Kenji a fait échouer leur trafic.

– La Panthère... ce nom me dit quelque chose...

– Vous avez une piste ?

– Après ton départ, j'ai entendu son nom à de nombreuses reprises dans le milieu clandestin. Il s'est fait une réputation de toujours honorer ses contrats, mais aussi de toujours faire payer ceux qui ne l'honorent pas. Je ne savais pas que Hanzaki était en partie responsable dans cette histoire... Faut dire qu'il a fait profil bas ces dernières années...

– Nishimura a craché le morceau. Il a avoué à la police où se cachait Hanzaki. Mais depuis, j'ai appris qu'Hanzaki a fui .

– ...

– Sauriez-vous où je pourrai retrouver Hanzaki ?

– Il a des contacts à Kabukicho. Un de ses meilleurs amis et un des seuls à connaître son numéro est un certain Futo Mishima. Il gère des host et hostess clubs à proximité du gros cinéma central. Tu peux le trouver dans les étages du bâtiment du Club Firefly à partir de 22h30. Mais il est bien gardé.

– Hum... donc ce club existe toujours. Merci. Quand je saurai la vérité, je reviendrai vous voir.

Ryo ne dit mot sur l'état dans lequel il a retrouvé Kenji. Son père avait déjà souffert à l'annonce de sa mort, savoir qu'il se balade dans la nature comme Robocop ne l'aiderait pas. Le lendemain, l'homme de foi va voir Megumi au commissariat à l'heure du déjeuner.

– Donc, il sera au Club Firefly tard le soir, lance Megumi ?

– Oui, mais il sera bien gardé. J'ai déjà été dans les coulisses de ce club il y a de nombreuses années, je me souviens encore comment est l'intérieur pour aller dans les hauteurs du bâtiment. À une époque où je n'étais pas encore dans la foi, je fréquentais ce genre de lieux avec un ami qui avait accès à pas mal de soirées VIP. Faut dire que l'ancien propriétaire était un bon ami à lui. D'ailleurs je ne sais même pas ce qu'il est devenu.

– Vous avez un ami qui fréquente ce genre de lieux ? Peut-être qu'aujourd'hui il peut encore nous aider, il connaît peut-être le nouveau propri...

– ...Il est mort.

– Oh, désolée.

– Enfin... je crois.

– Pardon ?

– Je vous l'ai déjà dit, ce combat dépasse tout ce que vous pouvez imaginer. Mais j'ai bien l'impression que vous n'allez pas m'écouter. Alors le seul moyen pour que vous en soyez sûre, c'est de constater cela de vos propres yeux ce soir.

La jeune femme flic explique ensuite qu'elle est allée plus tôt ce matin avec un de ses collègues au pénitencier pour y transférer des yakuzas. Dès qu'elle a mentionné le nom du pasteur, son collègue avait l'air étonné de son retour au Japon. Elle prévient qu'au moindre faux-pas, il sera expulsé du Japon. Après cela, Ryo décide d'aller dans un lieu absolument inattendu pour un quartier comme Kabukicho. Près d'une des extrémités du quartier se trouve un bâtiment blanc, avec une croix sur la façade. Il s'agissait d'une église, appelée « Redeemer Church ». Ryo avait découvert cette église à l'époque où il traînait à Kabukichō avec Kenji. Il l'avait juste aperçue sans vraiment y entrer, après une soirée karaoké avec son ami et Hikari. Cette dernière avait surpris Ryo à l'époque, en disant qu'elle s'y rendait de temps en temps. Après leur mort, il y était entré un dimanche matin lors d'un culte, après une nuit blanche insupportable à cause des souvenirs de la soirée où ses deux amis sont morts. Les mots sortant de la bouche du pasteur de cette église, portant sur la rédemption du Christ, l'avaient touché. Il s'était décidé à commencer une nouvelle vie. Cependant, il a toujours su qu'un jour où l'autre, ses pas le ramèneraient au Japon. En rentrant à nouveau dans ce lieu après de nombreuses années, Ryo se sent nostalgique, mais aussi déterminé. Pour lui, revenir ici est logique. La salle de prière était vide, la prochaine réunion avait lieu le soir, il n'y avait que trois personnes chargées de l'accueil, affairées à des tâches administratives. Ryo se met à prier silencieusement. Son visage fermé se relâche et ses muscles se détendent dans le calme et la plénitude. Quelques minutes plus tard, une drôle d'odeur vient à ses narines. De la nicotine. L'homme de foi se retourne et aperçoit Raphaël avec une cigarette au bec et Robby, tous les deux en train de l'observer.

– Saligaud, tu nous abandonnes, dit le rebelle tout en continuant de tirer sa clope.

– T'es un sacré numéro, lance le mentaliste.

Ryo se lève et saisit rapidement la cigarette de Raphaël.

– Fume pas ici, c'est un lieu saint !

– Eh oh, mais tu sais combien ça coûte ?!

– Calmez-vous, tous les deux, lance Robby en posant les mains sur les épaules du pasteur et de Raphaël ! Ryo, peux-tu nous expliquer pourquoi tu es parti comme un voleur ?

– Ça serait déjà bien que vous me dites comment vous m'avez retrouvé ?

– Suite à l'affaire avec les yakuzas que t'as rencontrés à Paris – et qui d'ailleurs a fait pas mal de bruit – j'en ai déduit que t'étais reparti au Japon.

– Et on t'a retrouvé facilement ! À une époque, tu m'avais parlé de cet endroit que tu aimais bien, explique Raphaël.

– Je vois... Bon, ok, je vais vous raconter ce qu'il s'est passé à Paris.

Ryo leur raconte alors sa rencontre avec Megumi et l'affaire sur laquelle elle était.

– Pourquoi ne pas accepter un petit coup de main de notre part, questionne Robby ?

– Maintenant c'est toi qui te la joues guerrier solitaire ? ironise Raphaël. Normalement c'est mon rôle.

– Et comment je raconte ça à Megumi... ?

– Mouais, je suis sûr qu'en fait elle te plaît bien la petite hein, suggère le rebelle ?

– Épargnes-moi tes sous-entendus.

Le téléphone sonne, Ryo décroche et s'aperçoit que c'est Megumi. Il lui demande de le rejoindre devant l'église. Robby en profite pour lui demander de donner son téléphone pour vérifier quelque chose. Ryo le lui tend non sans quelques interrogations. Le portable du pasteur dans sa main, le mentaliste le jette violemment par terre. Puis Raphaël vient finir le travail débuté par Robby en écrasant le téléphone avec ses chaussures New Rock. Ryo n'a pas le temps de réagir que Robby sort de la poche de son veston un nouveau téléphone.

– En France, on passe pour morts et dans notre intérêt il faut le rester, explique Robby. Gosselin nous a fourni des téléphones satellites intraçables. Voici le tien ! Nos numéros ainsi que celui de Gosselin sont déjà enregistrés.

Quelques instants plus tard, les trois français sortent de l'église. Une jeune fille locale avec un imperméable en cuir et des bottes à talons, les cheveux teints en châtain, aperçoit Ryo et l'interpelle d'un air aguicheur :

– Ryo-chan !

– Oh zut, laisse sortir le pasteur.

– Ça fait trop longtemps ! Pourquoi tu es parti sans rien me dire ?

– Je suis désolé Risa, je n'ai pas le temps, répond Ryo d'une manière embarrassée.

– Même pas pour moi ? Tu as trouvé quelqu'un d'autre ?

Ils passent leur chemin et l'ignorent.

Raphaël, impressionné par la beauté de la fille, demande à Ryo qui est-ce.

– Hmm... une ex, marmonne ce dernier embarrassé.

Raphaël reste sans voix, Robby se retient de rire. La policière Megumi arrive en face de l'église.

– Quoi ?? C'est elle ta nouvelle copine ? Tu dragues les flics maintenant ? demande Risa furieuse.

Megumi est choquée et embarrassée par la scène. Ryo l'est aussi, mais se reprend rapidement.

– Non, c'est purement professionnel. Désolé Risa, mais je n'ai pas de temps à perdre, répond sèchement le pasteur.

Ignorant Risa, Ryo présente ses deux collègues à la policière. Puis ils entrent dans la voiture de cette dernière. Personne n'ose sortir un mot durant le trajet pour aller dans un endroit top-secret. En effet, si trois gaijins apparaissent dans un commissariat japonais, cela risque d'éveiller les soupçons. Arrivés devant le commissariat, tout le monde sort de la voiture. Megumi indique aux trois français d'entrer par une porte secrète par derrière. Ils arrivent dans un couloir menant à la porte d'une salle avec pour seul décor une table, quatre chaises et un moniteur.

– Bien, notre cible ce soir est un certain Futo Mishima, commence l'inspectrice. Nos services ont déjà eu affaire à lui par le passé, mais à chaque fois il a été relaxé. Voici sa photo.

Suite à une pression sur ordinateur portable, une photo apparaît sur le moniteur, montrant un homme près de la cinquantaine, cheveux longs poivre et sel, avec une cicatrice sur le coin droit de ses lèvres.

– Il faudra donc attraper ce type, dit Raphaël ?

– Non, nous n'avons pas de preuve tangible de crime, reprend Megumi. Il s'en est toujours sorti, mais il a une information capitale : il aurait le numéro de l'homme surnommé « La Panthère », selon un contact de votre ami.

– Il sera au Club Firefly après 22h30. Par conséquent je vais devoir essayer de trouver un moyen de l'approcher, continue Ryo. L'agent et moi allons rentrer dans le club. Robby, Raphaël, j'aurais besoin de vous deux pour surveiller les alentours.

– On rentre pas avec vous ?

– Je n'ai pu obtenir que deux places pour le carré VIP. Une fois dedans, je vais essayer de me rapprocher de Mishima. Megumi est japonaise et je peux parler japonais, ça sera plus facile pour s'intégrer.

En attendant la soirée, Raphaël suggère d'aller boire un verre. Ryo emmène ses deux collègues dans un bar de Shinjuku, pas loin d'un centre de jeux d'arcade histoire de faire plaisir au rebelle du groupe. Le pasteur, pour se faire pardonner de sa fugue, offre sa tournée à ses deux collaborateurs. Une jeune femme, en veste de bureau et jupe, cheveux en queue de cheval haute à rouge à lèvre bien vif, aperçoit Ryo, surprise.

– Ryo-chaaaan ! Eh bien alors beau gosse que fais-tu là ?

– Yuki... comment ça va, bredouille Ryo, essayant une nouvelle fois de cacher son embarras.

Raphaël et Robby entendent une conversation en japonais dont ils ne comprennent pas les mots, mais encore une fois ils comprennent bien qu'il s'agit d'une ex à Ryo. Cette dernière s'en va, au soulagement de ce dernier.

Le barman lance une pique au pasteur :

– Sacré bourreau des cœurs, Ryo-chan ! Mayumi, Risa, Yuki, Ako, Sayaka, Kaori, Shizuka... j'oublie qui d'autre ?

– J'ai changé de vie, c'est fini les histoires sans lendemain, répond Ryo en rougissant.

– Laisses-moi deviner, interrompt Robby. Il vient de prononcer les noms de tes anciennes conquêtes, pas vrai ?

– Tu me l'avais jamais dit, padre ! Alors c'est quoi ces cachotteries ? Eh sérieux, même moi je suis choqué !

– C'est mon passé, reprend Ryo blasé, ça n'a plus lieu d'être mis sur le tapis.

– Et ta dernière conquête remonte à quand ? demande le mentaliste.

– Le jour où j'ai rencontré une fille fantastique qui m'a fait voir la vie différemment...

*
* *

Le soir, une heure avant le moment venu, Robby et Raphaël s'installent et préparent le matériel d'écoute. Ils sont à la fenêtre d'un immeuble, donnant sur le nightclub grâce à un petit coup de main de la police.

– Qui aurait cru qu'on se retrouverait ici, dit Raphaël. Enfin en même temps, vu qu'on est censé être morts, on est plus libres de nos mouvements.

– Je suis sûr que notre cher ami pasteur va révéler ses vraies couleurs ici. Tu ne l'as jamais vu dans cet élément, pas vrai ?»

– C'est la première fois que je viens au Japon, dit Raphaël. Mais une fois, y'a un maître japonais qui est venu nous rendre visite. De par leur conversation, j'ai pu comprendre que Ryo connaissait des gens du milieu de la pègre ici.

– C'est marrant d'imaginer ça de lui qui est si posé. Même en combat, il n'est pas du genre à brailler dans tous les sens.

– Oh, tu sais, il est posé, mais j'ai appris de la part de son maître que si dans un combat tu l'entends crier, il vaut mieux courir et fuir le pays à la nage.

– Vraiment ? dit Robby en regardant par la fenêtre. Ah, y a la femme-flic qui a sorti le grand jeu !

Megumi arrive en premier avec une robe de soirée bleue flashy à paillettes, cheveux détachés, rouge à lèvres clinquant et fond de teint outrancier, rentre dans le club.

– Ryo va flasher sur elle j'en suis sûr ! imagine déjà Raphaël.

– Oh les gars, je vous entends. Nos oreillettes sont connectées je vous rappelle, intervient le pasteur.

– Euuh...

– Où es-tu, Ryo ? Demande Robby.

– J'arrive dans cinq minutes.

Ryo arrive avec un ensemble costume noir et chemise blanche, lunettes de soleil. Il rentre dans le Club après inspection du vigile. À l'intérieur du club, au-delà des gens qui dansent sur une musique disco rétro de l'époque de la Bulle, Ryo aperçoit Megumi au bar. Le changement de look lui est saisissant et perturbant. Le pasteur se demande s'il ne doit pas s'inquiéter de la discrétion plus que douteuse de sa collègue. Accoudé au bar, l'homme d'église voit certains regards se tourner vers lui. Des habitués du club le reconnaissent de loin. Il s'inquiète car il ignore si certains de ses anciens ennemis fréquentent toujours le club, auquel cas la mission serait compromise. Quelques instants plus tard, la partie VIP est ouverte. Ryo et Megumi entrent dans la pièce à l'étage supérieur. Des gens boivent du champagne dans une pièce avec des canapés rouges. Parmi ces gens, des costards et des filles en belles robes de satin. Au fond de la pièce se trouve Mishima, en train de discuter avec deux collègues yakuzas et trois jolies filles. Ryo sent la colère monter en lui. Mishima reçoit un appel. En décrochant, il parle quelques instants, puis fait un signe à ses deux gorilles qui l'entourent et à quelques autres yakuzas dans la salle. Leurs regards se tournent vers Ryo et Megumi. Le pasteur suppose que certaines personnes de la première partie du club devaient être de mèche avec Mishima.

– Qu'est-ce que tu veux, dit l'un des gorilles?

– J'aimerais discuter avec ton patron, lui répond tranquillement Ryo.

– Toi et la dame vous allez devoir partir.

– Je veux juste un peu discuter avec ton patron. Après je m'en vais.

– Tu dégages !

– On dit « s'il-vous-plaît ».

– Tu te fiches de moi ??

Le yakuza essaye de le prendre par le col mais Ryo saisit sa main, la bloque, et repousse le mafieux sur deux mètres

avec une pression de la paume de la main chargée d'énergie spirituelle. Certains invités lambda de la soirée commencent à reculer de peur. Trois yakuzas foncent sur Ryo qui saute en l'air et réatterrit derrière l'un d'eux. Le yakuza repoussé précédemment fonce sur Ryo, qui contre avec un coup de paume l'envoyant sèchement au mur. L'un des trois attaque Ryo par derrière mais ce dernier riposte avec un coup-de-poing au ventre lui coupant le souffle, avant de le saisir et de l'envoyer sur celui qui s'est retrouvé à terre après avoir été projeté au mur. Les personnes non-yakuzas étant venus à la fête commencent à fuir. Megumi est surprise : à Paris, quand Ryo l'avait secourue, elle avait un foulard sur la tête et n'avait pas vu Ryo se battre contre ses ravisseurs. Le spectacle en face d'elle était inattendu.
– Hey, Mishima, je veux juste te parler, et rien de plus, alors dis à tes gorilles de se retenir.
– Débarrassez-moi de lui !
Megumi en profite pour exécuter un high kick sur l'un des yakuzas, le faisant tomber à terre. Un second, le deuxième gorille de Mishima, la fait tomber par un coup-de-poing violent. Ryo est choqué, et s'interpose alors entre les deux. Le mafieux sort un couteau, mais Ryo le désarme avec une parade avant d'effectuer un coup de pied au ventre le repoussant contre les murs de la salle. Deux autres yakuzas courent sur Ryo et Megumi, qui les mettent rapidement KO, avant de se diriger lentement vers Mishima. Cependant, Mishima presse un bouton sur une télécommande et quatre des yakuzas se relèvent. Mais cette fois-ci, leurs visages sont pâles et leurs yeux injectés de sang. Megumi attaque sans hésiter un des yakuzas. Mais cette fois-ci, elle peine à lui faire des dégâts, il est légèrement repoussé par sa rafale de coups-de-poing, mais

sans plus. Ryo se concentre. Une aura de lumière émane de lui. Il fonce sur un premier yakuza pour lui décocher un uppercut le faisant tomber, puis fonce sur un second qui essaye de le saisir, mais se fait contrer par un coup de pied sauté de Ryo qui le propulse contre le mur. Le troisième et le quatrième yakuzas foncent tous les deux sur Ryo, mais ce dernier fonce sur l'un et lui prend la tête pour le faire percuter contre l'autre. Les deux titubent mais sont encore debouts, et les deux autres à terre se relèvent. Megumi n'en croit pas ses yeux. Elle a déjà enquêté sur de nombreuses affaires, mais en voyant l'énergie sortant de Ryo contre la force démesurée des yakuzas, elle commence à se poser des questions. Mishima s'enfuit, Megumi avertit dans son oreillette Raphaël et Robby.

– Megumi, allez rejoindre mes amis. Je m'occupe de ceux-là, ordonne le pasteur tout en fixant les quatre yakuzas. La jeune femme s'exécute et retrouve Robby et Raph devant le club, alertés par la rixe provoquée par Ryo. Mishima fuit dans une Lamborghini Diablo grise. Megumi rejoint Raphaël et Robby à bord de sa voiture de service et foncent rattraper la Lamborghini. Ayant placé un émetteur avant la bagarre, la policière japonaise et les deux français se dirigent droit vers le port de Shibaura.

*
* *

Arrivés au port, ils sortent de la voiture. La voiture italienne est garée près d'un container et Mishima attend à côté d'un hangar. Megumi le tient en joue avec son arme.

– C'est fini Mishima ! Rendez-vous, ordonne la jeune femme !

– Vous allez jouer avec mon animal de compagnie, dit-il en appuyant sur un bouton.

Un yakuza de deux mètres de haut sort du hangar. Son visage est séparé en deux parties distinctes : une partie humaine et une autre partie recouverte de fils électroniques, qui est attachée à un appareil situé sur son œil gauche. Aucune expression ne se lit sur son visage. Megumi est choquée et tombe sur ses genoux, tremblante tandis que Mishima s'enfuit.

– Ryo a dit qu'il avait vu ça au port avec Panama. Je pensais que ça existait uniquement dans Universal Soldier et Cyborg, commente Robby.

– Ahh des films cultes, valide Raphaël. Mais mon préféré avec Van Damme, ça reste...

Le rebelle n'a pas le temps de finir sa phrase qu'il esquive de justesse un crochet du colosse. Raphaël rétorque en lui assénant un puissant coup de pied sauté à la tête. Cela fait un peu reculer la créature mais n'est pas assez suffisant pour l'affaiblir. Robby donne plusieurs low kicks mais s'aperçoit, avec douleur, que la jambe droite du yakuza est dure comme l'acier. Le monstre fonce sur Robby qui l'évite de justesse avec une roulade. Raphaël fonce sur lui et balance une rafale de coups-de-poing et de coups de pieds chargés d'énergie noire, endommageant la créature, mais cette dernière le repousse avec un coup-de-poing l'envoyant contre un hangar. Megumi sort alors de sa torpeur et se relève, bien que difficilement, et tire sur le monstre, qui ne ressent absolument rien. Raphaël se relève de son choc, profondément énervé et lance une sphère d'Euphoria sur le monstre. Le monstre a des mouvements incontrôlés de tous ses membres, puis s'immobilise d'un seul coup. Megumi en profite pour vider son chargeur sur le yakuza. Le corps inanimé fume des balles de la policière et les protagonistes s'approchent du cyborg. D'un seul coup, il se redresse et les repousse avec un coup-de-poing les faisant tomber tous les trois.

– Tu commences à m'gonfler toi, et ça coûte cher un perfecto! s'énerve Raphaël.

– Pourquoi est-ce arrivé.... je ne comprends rien... si c'est un cauchemar, je veux me réveiller ! panique Megumi.

Le prof de karaté se concentre et balance une nouvelle sphère sur la tête de la créature, endommageant le circuit électronique. Le monstre prépare alors une onde d'énergie. Raphaël se sent oppressé par l'énergie négative qui influence la partie mauvaise de son être qu'il essaie de combattre. Megumi n'arrive plus à bouger, elle est tétanisée. Robby ne peut plus bouger mais veut sauver Raphaël et la femme-flic. Le monstre envoie l'onde d'énergie en direction du trio. Soudain, Ryo apparaît devant eux et crée une barrière d'énergie sacrée bloquant l'attaque ! Il se concentre et la repousse contre le monstre, le projetant violemment contre des conteneurs. Ryo court vers Raphaël et lui impose les mains sur les épaules. Il prie et le malaise du rebelle s'en va. Megumi hallucine devant ce qu'elle vient de voir.

– Désolé de vous avoir fait attendre, s'excuse le pasteur. Mais je n'avais pas de véhicule, j'ai dû prendre un taxi, et m'arrêter un peu plus loin d'ici pour ne pas affoler le conducteur.

– T'en as pas profité pour raconter ta vie et confesser ton chauffeur parce que la situation devenait critique, ironise le mentaliste.

Le monstre se relève et pousse un grognement inquiétant alors que Raphaël voit Ryo plus en colère que

d'habitude. Il n'a jamais vu son ami se laisser emporter par ses émotions . Le monstre pousse un rugissement, comme s'il était prêt à attaquer. Il court vers Ryo qui court aussi vers lui. Le pasteur lui inflige dans sa course un violent coup-de-poing le renvoyant à nouveau contre un conteneur. Ryo se jette sur le monstre encore collé au conteneur, ses poings étant remplis d'énergie blanche. Il lui balance une rafale de coups-de-poing suivie par un puissant coup de pied au visage. Le monstre s'énerve et repousse Ryo sur plusieurs mètres avec un coup-de-poing, mais celui-ci reste debout, se concentre et balance alors une boule d'énergie sacrée que le monstre se prend de plein fouet, agonisant alors. Ryo prend le monstre par le col et le balance au sol sur une distance de dix mètres, sous l'oeil surpris des trois autres compagnons. Raphaël le rejoint, les deux hommes sautent sur le thorax de la créature, le rebelle le mitraille de coups-de-poing puis le pasteur l'achève avec un coup de manchette rempli d'énergie sacrée le transperçant. La créature s'écrase sur le sol inerte.
– Mishima s'est barré, remarque Raphaël !
– Je sais qu'il n'est pas loin, informe Ryo. Un de ceux avec qui je me suis battu m'a non seulement dit qu'il allait à Shibaura, mais aussi que sa cachette se trouvait dans le port.
        Une voiture sort à toute allure d'un hangar et s'enfuit. Cependant un chariot élévateur percute la voiture et la fait encastrer contre un mur, forçant l'airbag à se déclencher. Mishima est immobilisé et tenu en joue par Megumi. Du chariot élévateur sort le mentaliste.
– Excellent timing, félicite Raphaël.

– J'ai voulu assurer nos arrières avec le cyborg et finalement je me retrouve avec un chef yakuza !

Mishima tente de sortir un pistolet mais Megumi tire en frôlant sa main pour le faire lâcher son arme. Robby se rapproche et assomme le yakuza. La policière appelle une équipe d'agents qui emmènent les deux yakuzas. Elle récupère le portable de Mishima pour ensuite y trouver le numéro de la Panthère.

CHAPITRE 11
Beat'em All !

Le lendemain matin, le trio français a rendez-vous au commissariat.

– Mishima a parlé, annonce la femme flic. Hanzaki est caché par La Panthère. La Panthère est un homme avec un chapeau, un visage masqué et une longue cape noire. On ne sait pas à quoi il ressemble. Il parle un japonais parfait, mais aussi un anglais parfait, et chinois couramment aussi. Il a vendu à Mishima ses appareils qui ont rendu les yakuzas du club violents et incontrôlables.

– J'ai vu des appareils semblables dans le sous-sol du QG de Panama, se rappelle le pasteur. À mon avis, la Panthère est tout sauf un yakuza. Sachant comment Panama les déteste...

– Il a expliqué que les yakuzas du Japon sont en train de mourir et que négocier avec la Panthère lui permettrait de les renforcer, quitte à chercher de l'aide extérieure.

Pourquoi Hanzaki est avec lui, ça je l'ignore, et Mishima ne semblait pas savoir grand-chose.

– Selon Gosselin, Panama et la Panthère travaillent ensemble depuis plusieurs années, indique Robby.

– Les yakuzas travaillent entre eux, ou se servent de personnes étrangères uniquement pour certaines missions, ajoute Ryo. Hanzaki ne veut peut-être pas que ça se sache parmi son clan.

– C'est possible. Nos services de renseignements ont géolocalisé le numéro de Hanzaki. Il se trouve à Osaka, informe Megumi. Nous partons en début d'après-midi.

– Vous restez ici.

– Pardon ? Je suis la chef des opérations ici.

– Vous allez vous mettre en danger inutilement. Je vous l'ai déjà dit, cette histoire va plus loin que ce que vous pensez. Votre raclée d'hier ne vous a pas suffie ?

– Justement, je veux avoir le fin mot de l'histoire !

– À quoi ça vous sert ? N'y-a-t-il pas d'autres affaires à régler pour la police de Tokyo ? Nous trois sommes les seuls habilités ici à combattre contre des démons.

– C'est... important pour moi. Et puis je reste la commandante des opérations, vous ne discutez pas !

– Elle a du caractère celle-là, chuchote Raphaël à Robby. Mais Ryo la soutient du regard.

Robby observe attentivement la conversation entre Ryo et Megumi. Il remarque qu'elle tient avec fermeté l'énorme dossier concernant cette affaire.

– Que vous a fait la Panthère dans le passé pour que vous vouliez autant l'attraper et le mettre en prison? jette froidement Robby à la policière.

La jeune femme laisse tomber le dossier sur la table et s'écroule sur la chaise.

– Chaque fois que vous avez prononcé le nom de la Panthère, vous avez une absence de quelques micro-secondes, enchaîne Robby. Puis vous ravalez votre salive pour recommencer votre discours. Aussi, vous serrez très fort le dossier contre vous chaque fois que l'un d'entre nous prononce le mot… « *la Panthère* ».

– Arrête de jouer avec elle Robby, s'avance le pasteur.

– Ce n'est pas parce qu'elle est mignonne que tu dois lui faire confiance. Gosselin a fait confiance à Castin pendant plus de trente ans et regarde où ça l'a conduit. D-MON s'est infiltré dans la police française, tu ne penses pas que c'est la même chose au Japon ?

La réunion se termine, Raphaël et Robby partent sans rien dire manger dans un restaurant de ramens tandis que Ryo et Megumi marchent dans un parc près du commissariat. La jeune femme est triste. Ryo s'approche d'elle tout en restant à distance. Il se veut réconfortant mais respecte la tradition japonaise.

– À une époque, je croyais au monde des esprits et à toutes ces choses. Mais après certains événements de mon adolescence, je m'y suis fermée, car je ne voulais plus y avoir affaire. Si on va plus loin dans cette histoire, je découvrirais probablement des choses sur mon passé.

– Vous êtes sûre de vouloir le faire ? Vous allez peut-être trouver des choses qui vont vous bouleverser.

– Il le faut. Je veux éclaircir une partie de mon passé que je ne comprends pas. Mais en entendant le nom de la Panthère, ça m'a évoqué quelque chose. Mais je n'arrive pas encore à saisir quoi.

– Je comprends. Mais je vous demande de faire attention.

– Entendu. Dîtes, il y a un endroit spécialisé dans les glaces tout près, vous voulez en prendre une avec moi ? »

– Ah ? Volontiers.

Megumi emmène Ryo dans un petit restaurant spécialisé dans les glaces et autres desserts de style très japonais. Les deux s'installent et dégustent chacun leur dessert tout en parlant de tout et de rien. Ryo se souvient de cet endroit : il y avait été invité par Hikari il y a plusieurs années. Son regard se pose sur le décor du restaurant, rénové.

– Qu'est-ce qu'il y a, demande la jeune femme ?

– Je me souviens de cet endroit. J'y avais été avec une personne qui m'était très chère. C'était la sœur de mon meilleur ami de l'époque.

– Ce ne serait pas votre connaissance parmi les yakuzas ?

– Si. Kenji était un yakuza. Et j'aimais sa sœur Hikari, dit le pasteur en se souvenant de cette fille aux cheveux mi-longs avec une frange, les yeux innocents avec un blouson blanc et une longue jupe noire. La personne qui m'a permis de trouver le club de Mishima, c'est leur père. Je pensais que Dieu m'avait guéri mais la douleur s'est réveillée, non pas pour me tourmenter, mais pour que je la règle une bonne fois pour toute, et que je puisse mettre fin aux agissements de Panama et de ses potes. Ma conversion vers Dieu m'a permis de surmonter mes sentiments de vengeance personnelle.

– Pourtant vous êtes venu seul ici en premier lieu.

– Je ne voulais pas inquiéter mes deux amis. Je les apprécie beaucoup. Mais Raphaël est un peu turbulent. Il fallait que j'entame l'enquête avant qu'ils ne viennent. De toute façon, je savais qu'ils allaient me rejoindre tôt ou tard.

– Vous tenez un rôle de père pour le plus jeune des deux ?

– Père, je ne crois pas. Mais je suis certainement ce qui ressemble le plus à un parent pour lui.
– Je comprends mieux pourquoi vous êtes pasteur. On dirait que vous aimez prendre soin des gens.

*

* *

En début d'après-midi, Megumi et les trois français prennent la voiture pour Osaka. Au bout d'environ six heures de route, ils arrivent dans cette ville bien connue du Kansai[13]. Hanzaki et la Panthère sont supposés être dans un bâtiment se situant pas loin du quartier de Dotonbori, le quartier animé d'Osaka. Raphaël et Robby lorgnent sur les échoppes proposant des takoyakis, tandis que Megumi reste concentrée sur la mission, et Ryo se rappelle de ce jour funeste qui lui avait pris son meilleur ami et la personne qu'il aimait. Arrivés devant l'entrée d'un gratte-ciel, ils aperçoivent des yakuzas dans le hall de l'immeuble. L'un d'entre eux s'approche du groupe.
– Vous désirez qu...Hé, mais je te reconnais ! Les gars, il est de retour, crie le yakuza en s'enfuyant après avoir regardé l'homme d'église dans les yeux !
Raphaël et Robby sont surpris de le voir trembler devant Ryo, qui n'est pourtant pas très grand. Ce dernier se tenait droit, les mains dans les poches, le visage regardant fixement les yakuzas en face de lui.
– Mais pourquoi tu flippes ? gronde un autre yakuza.

---

13 Kansaï : région située sur l'île de Honshū, l'île principale du Japon. Elle est bordée par les régions du Chūbu, à l'est, et de Chūgoku, à l'ouest. Selon la définition la plus communément admise, elle est constituée des six préfectures suivantes : Kyoto, Osaka, Hyōgo, Nara, Shiga, Wakayama.

– C'est lui ! C'est Ryo Vali !

À ces mots, ce dernier tombe à la renverse sous les yeux écarquillés de Megumi. Certains yakuzas s'enfuient, d'autres restent. Les premiers avertissent les autres qu'ils n'ont aucune idée de qui est Ryo. Plusieurs yakuzas envahissent le hall.

– On cherche Hanzaki et la Panthère. Dîtes-nous où il est et tout se passera bien pour vous, conseille Ryo.

Mais les yakuzas s'avancent davantage, ignorant ses paroles. Les yeux de ces mafieux étaient injectés de sang, bien que pas autant que les sbires de Mishima au club de Tokyo. Ryo se met en garde.

– Bien... alors... QUI A ENVIE D'Y PASSER EN PREMIER ???

La voix de Ryo était tel un rugissement surprenant Raphaël et Robby à nouveau, et impressionnant Megumi. Autre détail qui n'est pas passé inaperçu au regard de ses compagnons : Ryo montrait des dents pour la première fois devant eux. Il se concentre en récitant une prière et l'énergie sacrée se manifeste en lui. Il fonce sur un essaim de yakuzas, en frappant d'un crochet du droit le premier, qui le fait décoller en arrière, venant percuter quatre autres, telle une boule de bowling dégommant les quilles. Deux sbires foncent sur lui, un tenant un couteau et l'autre un bâton. Ryo repousse celui armé d'un couteau d'un coup de pied à l'abdomen lui coupant le souffle, puis effectue un coup de paume de la main chargé d'énergie sacrée sur le second, le repoussant. Il lui subtilise son bâton avant de l'utiliser en tournoyant pour balayer un autre groupe de yakuzas lui sautant dessus. Il concentre l'énergie sacrée sur le bâton puis le jette tel un javelot sur un groupe de quatre yakuzas qui prennent une onde de choc sacrée en pleine poire. Il se concentre à nouveau et frappe le sol avec une onde purificatrice atteignant chacun des yakuzas, les rendant tous inconscients. Ses trois compagnons, restés en retrait jusque-là sont abasourdis par la violence des coups portés par le pasteur. Cependant des renforts arrivent.

– Bon les gars, je monte et je vous ouvre la voie, ordonne Ryo. Occupez-vous des renforts et rejoignons-nous tout en haut. Il ne faut pas que Hanzaki s'échappe, alors ne traînons pas.

– Depuis quand tu donnes des ordres, répond Raphaël ? Tout ça parce qu'il y a sa copine ! Tu ne peux pas nous attendre ?

Robby observe silencieusement le pasteur monter les escaliers et faire tomber les yakuzas qui l'attaquent comme à la fête foraine. Le rebelle et le mentaliste prennent chacun une matraque au sol et se mettent en garde pour attaquer. Ryo continue son ascension dans les escaliers. Megumi essaye de le rattraper, tout en collant des coups de pieds retournés bien sentis à certains yakuzas essayant de lui sauter dessus. Alors que tous les adversaires sont à terre, un yakuza plus musclé que les autres sort d'un ascenseur. Il attrape Megumi par les cheveux et saisit son arme à feu, qu'il jette par une fenêtre. La policière est contrariée mais se fait repousser par l'homme dans les escaliers. Il enlève son costume et laisse apparaître un tatouage représentant un samouraï qui transperce deux autres samouraïs avec ses sabres.

– Ta réputation te précède, Ryo. À l'époque, tu te faisais déjà des groupes de yakuzas à toi tout seul... ces lopettes ont fui en te voyant... Mais moi j'ai changé.

– On se connaît ?

– Pas personnellement, mais à chaque fois que tu te battais contre un groupe entier, j'en faisais parti. Enfin moi, j'ai pas eu besoin d'appareils pour me renforcer. Mon nom est Shu Wada, et tu vas goûter à ma force.

*
* *

En bas, Robby fonce sur une horde de yakuzas en tenant des tonfas[14] et en assommant ses adversaires avec des coups circulaires bien placés. Raphaël utilise sa matraque pour balayer les jambes des yakuzas et les faire tomber. Certains ont sauté pour éviter son coup mais Robby leur balance un yakuza qui fait tomber deux d'entre eux. Les deux compagnons montent à présent les étages, et aperçoivent tous les yakuzas mis à terre par leur collègue. À chaque étage, son lot de yakuzas au sol. Un étage plus haut, Megumi fouille tous les yakuzas inconscients pour trouver un pistolet, quand soudain elle est prise à la gorge et sent une arme dans son dos.

*
* *

Ryo se prend un coup-de-poing au visage, en bloque un deuxième, et assène un puissant coup de pied sauté au visage de son adversaire avant de lui donner un coup-de-poing puissant dans le ventre le faisant voltiger contre un mur. Les deux adversaires s'échangent coup

---

14 Tonfa : arme, soit en bois, soit en polymère, selon qu'elle est respectivement utilisée en art martial, ou par la police. Elle se compose d'une matraque, à laquelle une poignée latérale perpendiculaire a été ajoutée, environ à son quart.

pour coup, et pourtant sur leurs visages se dessinent des traits qui inspirent la joie, plutôt que la violence. Le yakuza fonce sur Ryo comme un missile mais ce dernier contre-attaque avec un uppercut en plein abdomen, avant d'enchaîner avec une onde d'énergie sacrée envoyant voltiger l'adversaire et le fait tomber au sol. Le yakuza s'endort littéralement. Ryo finit par arriver alors au dernier étage. Il est composé d'une grande salle d'un style très chic, avec des canapés en cuir parqués aux 4 coins de la salle, des murs tapissés de rouge et même une fontaine au milieu. Le pasteur, couvert de bleus et de sang remarque devant la fontaine un homme en costard-cravate noir, cheveux mi-longs gominés, avoisinant la cinquantaine, entouré par une dizaine d'hommes. L'un d'eux tient Megumi en joue, assise sur une chaise.

– Pas un geste ou j'ordonne à mes hommes de tirer !

– Hanzaki je suppose, s'immobilise Ryo.

– Tu es un sac à problèmes pour mes plans. À l'époque, ton pote Kenji avait réussi à faire foirer nos plans. Tu as aussi détruit une bonne partie de nos ressources en France dans la base de Panama. Aussi je vais te faire souffrir lentement. N'oublie pas, si tu bouges, je tue la fille !

Le mafieux s'approche de Ryo et lui assène des coups de bâton violents. Le jeune homme reste impassible malgré la pluie de coups et le sang qui coule sur son visage. Le souvenir et les sentiments d'avoir perdu Hikari et Kenji ce jour-là se conjuguent à présent avec l'impuissance de ne pas pouvoir sauver Megumi. Les coups à la tête continuent de s'additionner, et Ryo saigne de plus en plus. Il se sent acculé et la colère monte, étant face à celui qui a commandité la mort de son ami. Quand tout d'un coup, tous les yakuzas se mettent à tomber d'un seul coup. La policière profite de cette situation pour saisir le pistolet et assommer le yakuza qui la tenait en joue avec la crosse. Robby et Raphaël sortent des canapés où ils s'étaient planqués pour finir d'assommer le reste des hommes. Hanzaki se retourne pour se diriger vers la policière quand il sent une main se poser sur son épaule. Le pasteur repousse le mafieux et lui assène un coup-de-poing l'envoyant voltiger contre la colonne centrale de la salle.

– Ton adversaire, c'est moi, lance Ryo à Hanzaki.

– Mais... tu es un monstre ! D'où est-ce que tu sors ?

Une nouvelle dizaine de yakuzas arrivent, Robby et Raphaël s'en chargent, tandis que Ryo continue son duel avec Hanzaki. Ryo est fatigué à cause des coups qu'il a reçus à la tête, mais fait preuve d'une résistance peu commune. Plusieurs coups-de-poing du yakuza l'atteignent mais le pasteur riposte avec une rafale encore plus puissante. S'être fait torturer par celui qui a organisé la mort de ses amis l'a mis en colère, et les coups qu'il reçoit l'empêchent de garder la tête froide. Hanzaki sort son pistolet de sa veste mais Ryo le saisit au poignet et lui fait chuter son arme. Ce dernier sort une autre arme, un poignard, et attaque le pasteur qui évite ses coups, lui bloque le bras qui utilisait l'arme et termine ce combat avec une série de coups-de-poing qui projète Hanzaki contre un mur. Ce dernier retombe à terre, impuissant. Ryo titube. Il est très fatigué. Il se tient près de Hanzaki et le fixe droit dans les yeux.

– Dis-moi où est la Panthère ?

– La Panthère s'est cachée dans un lieu que même moi je ne connais pas. Il est sur le point de partir pour la Chine, à Pékin, dans deux jours.

– Où exactement ?

– Il sera à l'hôtel Jade Lion pendant trois nuits. Mais il aura une fausse identité que même moi je ne connais pas. »

– Dernière question. Quand as-tu vu ton sous-fifre Nobu Suzume pour la dernière fois ?

– Le matin avant qu'il ne tue ton misérable pote...

Un son de tir se fait entendre aux oreilles de Robby et Raphaël, qui finissent d'assommer les yakuzas restants. Les deux compagnons se retournent et voient Ryo avec le pistolet d'Hanzaki, tenant ce dernier en joue :

– Où il est ?

– Après les avoir tués, il a disparu de la circulation. On ne l'a plus jamais revu.

 Ryo a tiré, la balle atterrit à côté du chef yakuza.

– Tellement de gens sont morts à cause de criminels comme toi ! Dont mes amis, lance Ryo à Hanzaki, tout en tirant une nouvelle fois à côté.

– Oh Ryo calme-toi, lance Raphaël, aux côtés de Robby, choqué.

– Parle ! Où est Suzume ?! crie Ryo à Hanzaki, ignorant ses deux camarades.

– Je ne sais absolument pas, répond le patriarche tremblant.

Ryo n'arrive plus à garder la tête froide, sa tête étant confuse et son corps éreinté. Raphaël s'approche de son ami et pose sa main sur son épaule, que Ryo dégage d'un revers de la main.

– Écoute, il est fait comme un rat, chuchote Raphaël. Il nous a donné les infos qu'on voulait. On dégage. Sérieux, quand t'as une arme entre les mains, tu me choques.

– Je ne te reconnais pas, s'avance calmement Robby. C'est pas toi qui es censé prêcher le pardon ? Tu veux vraiment te salir les mains ? Si tu le tues, y a plus de retour en arrière pour toi. Tu pourras vraiment porter ça avec ta conscience de pasteur ? Si un jour on réapparaît, pourras-tu regarder les membres de ton église en face ? Depuis que tu es ici, tu n'es plus le Ryo qu'on connaissait en France !

Ryo prend conscience de la situation. Il jette l'arme dans un coin et tombe à genoux.

– Comment ai-je pu...

– Maintenant, on veut que tu nous dises la vérité, conseille le mentaliste. Si tu te fous de ma gueule, je le verrai. Je veux tout savoir sur ton passé avec les yakuzas.

Ryo commence alors à raconter toute son histoire. Il a eu une enfance solitaire et a eu du mal à s'adapter, notamment aux nombreux allers-retours entre le Japon et la France. Presque chaque année, sa scolarité variait parce qu'il changeait de pays. Son seul point de repère dans sa vie était son maître d'arts martiaux japonais. Ami et associé de son père, il l'a entraîné à des techniques de combat très spéciales dès son enfance. Ces techniques de combat de magie blanche peuvent chasser les mauvais esprits. Son maître lui racontait que des démons sévissaient sur Terre pour corrompre les hommes et qu'il fallait les chasser. Son père ne croyait pas du tout à ces balivernes, mais Ryo a grandi avec ces histoires. Quand il est revenu au Japon travailler, son patron payait régulièrement une protection par les yakuzas. Lors d'une fin de mois difficile, un yakuza est venu menacer le patron et a commencé à saccager le commerce. Le garçon qui revenait d'une course, a vu son employeur le visage tuméfié par les coups du yakuza. Alors, il est allé de lui-même flanquer une bonne raclée d'abord à ce yakuza, puis à plusieurs autres gens de son groupe qui avaient leur bureau pas loin. Ils avaient beau être plusieurs, Ryo les a tous assommés. Mais ce jour-là, ces yakuzas, se sentant humiliés, lui ont déclaré la guerre. Au fur et à mesure des mois qui passaient, il se trouve que Ryo s'est fait des ennemis chez certains clans yakuzas, mais aussi des alliés dans les clans adverses aux précédents, par la force des choses. Parmi ses alliés, son meilleur ami Kenji, ainsi que sa sœur Hikari. La vie était faite de sorties dans la vie nocturne nippone, avec des hauts et des bas. Ryo avait toujours réussi à tenir tête aux yakuzas en compagnie de ses alliés. Malheureusement, Kenji et Hikari sont tombés dans une embuscade et Nobu Suzume du clan Hanzaki les a assassinés. Dévasté, Ryo décide de quitter le pays.

– Juste avant de quitter le pays, je suis tombé dans la foi et j'ai voulu tout oublier, continue Ryo. J'étais à nouveau heureux et pensais que j'avais pardonné à Hanzaki. Mais il y a une différence entre la théorie et la pratique. Me retrouver ici a fait ressortir des choses avec lesquelles je pensais avoir fait la paix, mais il en restait des traces au fond de moi. Penser à ces yakuzas à distance et me retrouver en face d'eux, ce n'est pas la même chose.

– Tu vas faire quoi maintenant ? interroge Raphaël. C'est pas toi qui m'a rabâché pendant longtemps qu'il y a n'y a que Dieu qui peut juger?

Ryo était à un stade crucial de sa vie. Il se bat dans sa tête. Puis, il s'avance vers Hanzaki. Robby essaye de s'interposer, mais le pasteur le pousse. Il s'approche de Hanzaki, ouvre la bouche et dit en japonais:

– Je te pardonne.

Megumi est choquée, et Hanzaki cesse de trembler et reste cloué au sol. Robby demande à Megumi ce que Ryo a dit, l'inspectrice lui traduit les paroles du pasteur. Le rebelle et le mentaliste soufflent. Les tensions du corps de Ryo commencent à se relâcher. Des larmes effacent les nombreuses tâches de sang qui recouvrent son visage. Les gyrophares de la police commencent à affluer devant le gratte-ciel de Hanzaki. Raphaël prend sur son épaule son ami blessé et avec Robby, ils s'enfuient via une issue de secours pendant que Megumi couvrent leurs arrières.

*

* *

Le lendemain, tous les journaux japonais parlaient en boucle de l'arrestation des membres du clan Hanzaki par la police d'Osaka. Une opération de plusieurs mois qui a permis de saisir plusieurs centaines de cargaisons d'armes à feu, du matériel scientifique ainsi que tous les titres de propriétés appartenant aux yakuzas. C'est la plus grosse prise jamais réalisée par la police japonaise. Megumi rejoint les trois intrépides à leur hôtel en début d'après-midi, au quartier de Dotonbori, en face du canal. Sa hiérarchie était ravie d'avoir fait tomber un des plus grands clans Yakuzas. Hanzaki a tout balancé sur ses affaires, notamment le nom de la Panthère, ainsi que celui de Panama. La Panthère est un criminel recherché par Interpol et également par la police chinoise depuis plusieurs années. Donc la police japonaise a réussi à négocier une opération conjointe avec la police chinoise pour faire tomber la Panthère. De plus, un des yakuzas contre lesquels s'est battu Ryo, Shu Wada, est prêt à les aider en échange d'une réduction de peine. Il n'a demandé qu'une seule condition : la présence du pasteur pendant cette mission. La joie de la policière contraste avec les mines sérieuses des trois hommes. Un silence s'installe après le discours réjouissant de la jeune femme. Le pasteur regarde vers le sol tandis que Robby et Raphaël préparent leurs affaires pour revenir au pays. Ryo semble encore fatigué et reste silencieux. Ses pensées tournent en rond sur ce qui s'est passé la veille. Il se sent apaisé d'avoir pardonné mais se sent encore bête d'avoir failli succomber à la vengeance. Il aimerait être seul. Il a failli flancher devant Hanzaki, le commanditaire du meurtre de ses amis, mais si un jour il se retrouve devant le meurtrier direct, Suzume, comment réagira-t-il ?

– J'ai informé Gosselin de notre pêche miraculeuse, continue Robby. Nous devons rentrer. La piste de D-MON s'est refroidie en France depuis notre mort et La Panthère reste la piste la plus sérieuse pour le rallier à Panama.

– Donc on fait quoi maintenant, demande Ryo ?

– Ton instinct ne t'a jamais trompé, se tourne Robby vers Raphaël. Je te laisse décider de la suite.

Le rebelle tire une grande bouffée et écrase sa cigarette sur le rebord de la fenêtre.

CHAPITRE 12
Nuits de folie

Au-dessus de 10 000 mètres d'altitude, on ne sait absolument pas si l'on traverse la Chine, la Mongolie ou si l'avion a déjà atteint la Russie. Les lumières sont éteintes, seuls l'avant et l'arrière sont éclairés pour indiquer la direction des toilettes.

– Tu penses que je me suis trompé, marmonne Raphaël ?

– Je sais pas vraiment quoi penser, dit Robby en regardant défiler les nuages dans le hublot. On n'avait plus rien à faire au Japon.

– Et pour le Padre ?

– La Panthère est en Chine dans moins de 48h, et c'était compliqué pour Gosselin de nous faire voyager incognito une fois de plus sans éveiller les soupçons dans sa hiérarchie. Bref, ça me fait bien chier de l'avouer, mais nous n'avions pas d'autre choix que de nous séparer.

*
* *

L'avion atterrit à Roissy-Charles de Gaulle vers 1h40. Les deux amis sortent de l'aéroport et se dirigent vers le parking. Ils montent dans une voiture dans laquelle Gosselin les attend. Ils sortent du parking et rentrent au théâtre. Gosselin les dépose.

– Faut que je passe chez Alina, dit Raphaël à Robby.

– C'est qui ?

– Une copine. C'est elle qui a gardé mon chat !

Robby vient avec lui.

*
* *

Arrivés devant l'immeuble de l'amie de Raphaël, Robby remarque qu'il s'agit d'un bâtiment délabré, vieux et insalubre. On y rentre comme dans un moulin. Des rats et des cafards se baladent au milieu des escaliers qui s'effritent tout comme les murs. Ça sent mauvais et c'est bruyant. En arrivant au troisième étage à la dernière porte au fond du couloir, Raphaël frappe. Un travesti ouvre la porte.

– Ça va Nina ? Où est Alina ?

– Tu viens toujours la voir elle ! Moi jamais.

– T'en fais pas, je pense à toi ma belle ! En lui faisant un clin d'œil. Tiens je te présente Robby, un beau gosse très cultivé, lance Raphaël en lui tapant sur l'épaule.

Nina sourit. Le rebelle se dirige dans la chambre du fond, il entre. Dans la pénombre en arrivant près du lit, une jeune femme en sous-vêtements lui saute au cou. Il remarque qu'elle a un œil au beurre noir et des traces sur les bras.

– Qui t'a fait ça ?

Alina reste silencieuse.

– Réponds, dit-il d'un ton ferme.

– C'est Erwin, un mec très friqué, au club où je danse. Il a voulu m'emmener avec ses hommes, il parlait d'emmener des filles dans un endroit bien planqué. Ils ont presque réussi à m'embarquer, je me suis débattue, il m'a frappée.

– J'ai déjà entendu parler de cette ordure... Erwin Schnabel.... Tu danses toujours au Hell's Legs ?

Elle hoche la tête.

Dans la voiture, Robby, côté passager se pose plein de questions, tout en caressant le chat qui ronronne. Raphaël le remarque.

– Tu t'en poses des questions sur moi, hein ? Un mec qui enseigne les arts martiaux, qui a été adopté par une mère juive écrivain, qui a des facultés dont il ignore l'origine, qui est impulsif et en colère et qui fréquente des clubs malsains avec des putes et des travs.

– Les arts martiaux et les clubs sont les seuls moyens que t'as de gérer ta colère. Ton désir de jouer les héros de séries B vient compenser le manque de réponses sur ton enfance et ta soif d'adrénaline. Tu es prêt à risquer ta vie juste pour avoir des réponses.

Raphaël reste sans voix et semble approuver ce que vient de lui dire Robby mais sans vouloir le montrer.

Ils rentrent au théâtre se reposer. Le lendemain soir, Raphaël se lève et s'apprête à partir. Il nourrit son chat Figaro, quand au même moment il entend :

– Tu pensais pas y aller seul, n'est-ce pas ? demande Robby.

- Bien sûr que non, répond Raphaël en souriant en coin.

Robby reçoit un message de Gosselin sur son téléphone satellite.

«Depuis une semaine, des filles disparaîtraient les unes après les autres près de la vieille route du Colisée. Surtout des prostituées, si vous pouviez y jetez un œil discrètement »

Raphaël fait remarquer qu'il y a peut-être un lien avec Erwin.

*
* *

Habillés chics, ils arrivent au Hell's Legs. Parmi les filles à moitié dévêtues, les lumières clignotantes et la musique trop forte, un des gorilles d'Erwin vient à la rencontre des deux hommes. Robby l'aborde ainsi :

– Bonsoir, je suis le producteur de Hard Rob si vous voyez ce que je veux dire... On aimerait trouver des nouvelles filles pour notre prochaine production ! Pourrait-on parler à votre patron ?

– Je vous demande un instant, répond le gorille.

Après avoir monté un escalier en verre, ils arrivent dans un somptueux salon où des filles presque nues dansent autour d'Erwin. Deux hommes fouillent Robby et Raphaël, le beretta de ce dernier est confisqué.

– Bonsoir Monsieur. Merci de nous recevoir dans votre superbe club. Comme je l'ai dit à votre employé, je cherche des filles pour un porno un peu spécial...

– Vous pouvez préciser ? Et lui c'est qui, lance Erwin avec son accent allemand ? Pourquoi il me regarde avec insistance ?

– Ooh ! Veuillez l'excuser, il est jeune et débute dans le métier ! Calme-toi, je te paie pas pour agresser mes associés !! Je veux produire quelque chose de vraiment agressif, de l'extrême bondage[15]. Voire plus...

- Plus ? C'est quoi plus ?

- Du snuff[16].

Quatre des gorilles d'Erwin braquent leurs armes sur Robby qui reste très calme. Raphaël attrape Erwin, il le maintient fermement au cou avec son bras, il récupère son beretta sur la table et braque les sbires.

– Du calme, Raph ça va aller ! On discute tout doucement.

– Dis à ta bête sauvage de me lâcher, demande Erwin avec beaucoup de mal à parler.

Robby fait signe à Raphaël de le lâcher.

– Raph ? Je connais ce nom ! Cette sale pute d'Alina parlait de toi quand je lui ai mis ma main sur la gueule !

Raphaël lui plaque brutalement la tête contre la table en éclatant son verre de whisky et arme son beretta. Les sbires tirent sur Raphaël à plusieurs reprises, les filles aux alentours se mettent à hurler et à courir dans tous les sens. Robby se jette au sol. Il parvient à attraper une arme

---

15 Bondage : comportement sexuel humain sadomasochiste qui consiste à ligoter son partenaire dans le cadre d'une relation de soumis/domination.

16 Snuff movie : Le snuff movie, ou parfois snuff film, est un terme désignant une vidéo ou un long-métrage mettant en scène la torture, le meurtre, le suicide ou le viol d'une ou plusieurs personnes. Dans ces films clandestins, la victime est censée ne pas être un acteur mais une personne véritablement tuée ou torturée.

d'un des sbires et tire sur deux d'entre eux. Erwin se relève avec des coupures au visage , il met un coup-de-poing à Raphaël qui tombe sur une table basse qui cède sous son poids. Ce dernier se relève avec un saut de carpe et tire cinq balles dans l'estomac d'Erwin. En se roulant par terre sur le côté, Raphaël tire sur trois autres gardes. Robby attrape l'un d'entre eux, saisit son arme, et tire sur la jambe de l'un deux qui s'approche.

Gosselin les rejoint au vieux théâtre deux heures plus tard. En arrivant, il remarque que la blessure causée par les deux balles qui ont transpercé l'épaule de Raphaël a quasiment disparu.

– Remets-moi ton téléphone, dit Gosselin à Raphaël.

– À quoi tu joues là ?!

– Tu aimerais être comme ces flics et héros de cinéma, mais tu ne sais pas te contrôler.

Raphaël reste sans voix, l'air triste et s'en va, téléphone en main. Robby, qui a vu la scène, est confus.

– Erwin était notre seul lien pour progresser dans cette enquête et il a tout fichu en l'air.

– Je sais, répond Robby en soupirant. Tout a commencé quand j'ai parlé de snuff, donc je pense que les enlèvements près de cette fameuse route ont un lien. Les snuff movies peuvent se vendre aux plus riches et aux plus détraqués, avec des meurtres et viols non simulés. Mais ceux qui fabriquent et regardent ces films nient toujours leurs existence.

– Je sais Robby, je connais très bien le sujet.

– Ça ressemble un peu à notre première affaire...

Le lendemain soir, Raphaël se change, revêt son perfecto noir et monte sur sa moto. Lorsque Robby arrive et le surprend, Raphaël démarre à toute vitesse et s'en va.

Une heure et demie plus tard, il arrive près de la route du Colisée, déserte et très calme. Seul le vent se fait entendre, entre les grands arbres. Sur un côté de la route il y a des traces de pneus très récentes. Raphaël cache sa moto derrière des arbres et avance doucement en se baissant.

Quinze minutes plus tard, un camion arrive. Deux sbires en toges descendent et font descendre quatre filles de l'arrière du camion. Ils les emmènent vers un chemin. Raphaël aperçoit l'entrée d'une immense grotte. Ils y rentrent. Un homme vient chercher les filles menottées aux chevilles qui peinent à avancer. Raphaël n'en croit pas ses yeux. Ce n'est pas possible et pourtant cet homme semble être... Erwin !! Il appelle Robby qui ne répond pas. Il décide alors de pénétrer dans la grotte. Il s'avance entre les gros rochers au sol parsemés de bougies rouges allumées. Il progresse doucement et se sent oppressé et affaibli. Il entend de plus en plus des bruits de perceuses et des cris de douleurs. Raphaël voit une voiture et un 4X4 se garer. Des hommes et des femmes descendent silencieusement. Il se cache comme il peut derrière un gros rocher. Les gens avancent. L'un d'eux remarque l'ombre de la silhouette de Raphaël projetée sur la paroi de la grotte par les bougies. Deux sbires en toges venus chercher le groupe s'approchent en criant. Se sachant repéré, Raphaël se lève et lance :
– C'est par ici les toilettes ?!
À peine finit-il sa phrase et avant de pouvoir faire quoi que ce soit, les deux sbires l'assomment chacun d'un énorme coup de matraque sur la tête.

*

* *

147

Robby fait remarquer à Gosselin qu'il est sûr que Raphaël est parti voir du côté de la route du Colisée. Sans poser de questions, le commissaire décide d'appeler et de rassembler alors les dix hommes de son équipe qui connaissent encore l'existence des trois compagnons. Un pilote, un membre du RAID, Gosselin et Robby se préparent à se rendre à l'endroit en hélicoptère, les huit autres partent en voitures.

*

* *

Raphaël se réveille, douloureusement, pieds et mains attachés à une table. Comme un air de déjà vu ! Une odeur de corps brûlé en décomposition est fortement présente. Toujours ces horribles cris en bruit de fond. Au-dessus de lui, il y a un énorme trou dans la voûte de la grotte. Il voit trouble, se sent engourdi et met du temps à émerger. Mais Raphaël ressent avec une hypersensibilité plus accrue les souffrances et la mort des gens qui l'entourent. L'origine de ses ressentis est encore inconnue. Un homme et six sbires le fixent du regard, penchés au-dessus de lui. L'éclairage des bougies laisse apparaître le visage d'Erwin qui porte une toge noire.
— Alors Raphaël ? Comment ça va ? Je sais que tu possèdes un pouvoir qui m'intéresse, que d'ailleurs tu ne peux pas utiliser en présence d'un pouvoir plus grand que le tien. Je vais rétablir l'ordre au sein du chaos !
— Et tu vas conquérir le monde ?! s'esclaffe le rebelle. Te fatigues pas Adolf, il est dans pleins de films ce discours de méchant. Tu fais parti de ceux qui n'ont pas de but dans

leur vie. Alors du coup pour t'occuper, tu t'es trouvé des ennemis et des responsables, c'est qui cette fois ? Les politiques ? Le monde financier ? Le peuple élu ? Comme dit mon pote Robby il y a pas d'ennemi, que des conflits intérieurs. Tu as dû être traumatisé par quelque chose et pour tenter de soulager ta peine, tu joues au bad guy ! Tu crois que ta haine te rend puissant ? Au fond la seule victime c'est toi... Erwin.

Ce dernier, énervé, déchire et arrache le T-shirt de Raphaël et le saisit brutalement à la gorge.
– Tu oses me parler ainsi alors que tes pouvoirs obscurs viennent de la même source que les miens ! Et que fais-tu dans les clubs ?
– C'est vrai, mais j'ai fait le choix de l'utiliser pour sauver des vies et pas pour en détruire. Tu n'as pas d'emprise sur moi. Et au fait, pauvre con ! Dans les clubs, je m'amuse avec des gens consentants même si je sais que c'est pas sain, avoue Raphaël avec la voix serrée.
– Assez !!! Faîtes-le taire !!

Un des sbires assène un gros coup de matraque en fer dans l'estomac de Raphaël. Il crache un mollard plein de sang sur le visage d'Erwin qui se met à rire. Soudain, les pales d'un hélicoptère se font entendre !

*
* *

L'hélicoptère repère l'endroit grâce aux lueurs des bougies et des corps en flammes. Robby se maintient debout sur la traverse tubulaire de l'hélico, tandis que Gosselin lui fait signe de rester prudent. Ce dernier a revêtu une tenue du RAID avec des lunettes teintées et,

149

armé d'un HK G36, descend en rappel avec l'autre membre du RAID. Ce dernier tire sur plusieurs sbires, alertés par le sifflement de l'appareil. Ils entrent tous les deux dans la grotte et neutralisent plusieurs toges armées. En progressant plus loin dans la grotte, ils aperçoivent le prof de karaté torse nu.
– Tu t'es mis en condition pour tourner chez Hard Rob, demande Robby !?
– Très drôle ! Libères-moi !

Pendant ce temps, les huit autres membres de RAID arrivent et s'occupent des autres sbires. L'hélicoptère en stationnaire au-dessus de la grotte reçoit plusieurs tirs au sol des hommes d'Erwin. La queue de l'appareil est touchée, il vacille dans tous les sens, et percute le sol en arrachant plusieurs arbres sur son passage, provoquant un boucan d'enfer avec Gosselin toujours à son bord. Les deux compagnons se dirigent vers la sortie de la grotte jusqu'à ce qu'Erwin leur bloque le passage. Robby commence à tirer plusieurs balles sur Erwin, qui n'ont aucun effet sur lui. Raphaël court vers Erwin et le plaque au sol. Les deux hommes se relèvent. L'ancien consultant remarque la carcasse de l'hélicoptère encore fumante au loin. Il envoie un agent porter secours au pilote et à Gosselin. Avec les autres agents, il neutralise des gardes et porte secours à d'autres victimes. Erwin retire sa toge, torse nu il sort un couteau de chasse alors que Raphaël se met à nouveau à sourire ; lui aussi sort un couteau papillon. Les deux hommes échangent de vifs coups de lames au milieu d'un gigantesque pentacle tracé au sol. Raphaël met un gros coup de genou dans la mâchoire d'Erwin, qui en retour met un coup de couteau dans le bras de Raph, une giclée de sang jaillit. Le sang

recouvre une partie de son avant-bras. Erwin lance une sphère noire qui propulse le jeune rebelle sur la paroi de la grotte qui s'effrite. Les yeux des deux hommes deviennent rouges. Raph hurlant de colère se rue et enfonce sa lame de toutes ses forces sous le menton d'Erwin en la tournant une fois dedans. Le corps d'Erwin tombe lourdement dans une flaque d'eau qui devient très vite rougeâtre.
- Gute nacht enculé...

Tout comme les autres fois, une ombre présente en lui s'échappe et lévite quelques instants au-dessus de Raph. Tous les deux se fixent, puis l'entité disparaît tout comme le corps qui semble se dissoudre.Blessé, Raphaël marche au milieu de la grotte. La situation est sous contrôle. Il s'éclipse pour rejoindre le lieu du crash. En marchant, il se sent oppressé par toute la souffrance qui était présente dans cette grotte, qui provoque un état de malaise profond. Trois ambulances arrivent sur les lieux du crash. Toujours sous la cagoule du RAID, Robby aide le pilote et Gosselin à rejoindre les ambulances. Raphaël est à quelques mètres des véhicules de secours. Le mentaliste en profite pour subtiliser quelques compresses, puis part en direction de Raphaël tout en retirant la cagoule pour dévoiler son visage. Il essuie la blessure au bras de Raphaël et fait un signe de tête pour s'assurer qu'il va bien. Les deux compagnons voient Gosselin et le pilote être embarqués dans une ambulance. Ils en profitent pour s'éclipser. Robby met une des compresses dans un sachet, discrètement, puis dans sa poche.

*

* *

151

Le lendemain, l'ancien consultant arrive à l'hôpital pour rendre visite au pilote et à Gosselin. Une jambe et une clavicule cassées pour l'un, un bras cassé et des ligaments déchirés pour l'autre .

– Bonsoir messieurs, lance une voix féminine.

Une infirmière arrive. À la grande surprise de Robby, il s'agit de Charlotte. Il laisse apparaître un léger sourire.

– Voilà une belle jeune femme et je n'existe plus ! rétorque Gosselin à Robby.

– Peux-tu m'analyser cet échantillon ? demande Robby en donnant discrètement la compresse à l'infirmière.

– Déjà qu'on est en manque d'effectif, tu me rajoutes du travail, lui répond Charlotte en souriant ?

Il ressort de la chambre et aperçoit Raphaël suivi d'Alina. Il demande à la jeune femme s'il peut lui emprunter son garde du corps quelques instants. Puis s'éloignant, Robby débute la conversation :

– Tu as l'air d'y tenir beaucoup à cette fille.

– Elle a pas eu de chance après une enfance compliquée, le porno et le trottoir... j'essaie de prendre soin d'elle comme je peux.

– Tu sais, on fait notre maximum mais on ne peut pas sauver tout le monde malheureusement...

– C'est bien ça qui m'empêche de dormir... Depuis la nuit dernière, je ressens toutes leurs souffrances et le désespoir des victimes de la grotte. C'est horrible dans ma tête...

– On est là.

Raphaël et Alina entrent avec hésitation dans la chambre de Gosselin.

– Approche mon garçon. Tu t'es bien débrouillé, on l'a eu ce salopard. Il faut juste que tu apprennes à mieux te contrôler et tu ressembleras à ces héros de cinéma.

– Merci monsieur, lui répond Raphaël avec un léger sourire et une pointe d'émotion.

CHAPITRE 13
Une vieille habitude

Dans une ancienne loge du théâtre, Robby y a installé des vieilles bibliothèques pour déballer ses cartons et en faire son bureau. Depuis l'annonce de sa mort, il lui est impossible de revenir dans son ancien appartement. Gosselin a tout de même réussi à récupérer toutes ses affaires. À l'intérieur des cartons se trouvent des cahiers et des feuilles noircies de notes. Il vient de poser sur un carton un bloc-notes noté dessus SP 11 – 14. On peut y lire :

Ma vie a littéralement été bouleversée en quelques jours. D'une simple enquête morbide, je me suis retrouvé embarqué dans une affaire dépassant l'imagination avec un professeur de karaté qui se transforme en animal déchaîné accompagné d'un pasteur qui a un passé avec les yakuzas et qui a des pouvoirs magiques.

En outre, ils sont liés d'une manière ou d'une autre à une organisation criminelle qui transforme des individus en monstres. Ou plutôt en démons. D-MON. Cette organisation a un sacré sens de l'humour.

Robby a encore du mal à digérer tout ça. Derrière ses lunettes noires, son cerveau cherche un semblant de clarté dans toute cette histoire. Il saisit un autre carnet noté « Affaire en cours » :

Chronologie des événements :

1 – Manoir Maurin
2 – Rencontres Ryo et Raphaël
3 – 1ère Rencontre avec D-MON et explosion du manoir
4 – Incident dans l'église de Ryo
5 – Réunion à Batignolles avec Castin
6 – Quais et usine à Saint-Nazaire
7 – Fusillade chez Gosselin et Démon Tour Montparnasse
8 – Rixe avec des yakuzas en France
9 – Japon : la Panthère
10 – Erwin Schnabel

Le chef : Béhémot La liste des suspects :

- Raphaël
- Ryo
- Panama
- Ophélia, la jolie rousse
- Léon Castin
- Erwin

- La Panthère
- L'ombre = Béhémot ?

Chaque suspect possède une petite fiche cartonnée avec toutes les infos que possède Robby et les hypothèses pour chaque suspect. Toutes les fiches sont étalées sur le sol. Robby gratte sur plusieurs d'entre elles, les déplace, en déchire certaines. Pendant des heures. Raphaël toujours la clope au bec lui apporte une assiette pour qu'il reprenne des forces et lui demande s'il a besoin d'aide. Robby refuse en levant simplement une main tout en continuant d'écrire ses notes. C'est la première fois depuis qu'ils se sont rencontrés que le rebelle voit son compagnon agir ainsi. Cet homme toujours calme et arrogant derrière ses lunettes noires dans les situations les plus dangereuses, était plongé dans une profonde danse de réflexions et coups de crayon. Parmi tous ses papiers, il remarque une fiche avec son nom et une autre avec celui de Ryo juste à côté de celle de Panama.

– Quoi !?! Tu nous crois coupables avec Ryo ? Après tout ce qu'on a vécu, s'emporte Raph avec le poing serré et chargé en énergie noire.

Robby se lève tranquillement, s'avance vers le jeune homme impulsif et lui dit :

– Depuis le moment où je vous ai rencontrés, je sais que vous êtes innocents. Je suis en train de chercher la cohérence dans tout ce qu'il nous arrive depuis quelques jours. Je veux trouver des réponses, notamment sur ton passé. Tu n'es plus seul maintenant.

La colère montante du rebelle s'est instantanément éteinte lorsqu'il sent cette main posée sur son épaule et le sourire de son ami. Un geste qu'il ne connaissait plus.

Comme si on le considérait comme un autre être humain et pas comme un animal. Robby prend son assiette et retourne dans ses pensées sous le regard de Raphaël, touché. Il passe une bonne partie de la nuit devant ses notes. Le lendemain matin, il se réveille parmi elles. En passant devant le miroir de la loge, il s'aperçoit que sa pommette gauche est tachée d'encre de stylo. Il range méticuleusement toutes les feuilles pour les placer dans un carton noté D-MON. Une seule pensée persiste dans son esprit : « Qu'est-ce qui a tout déclenché ? »

*

* *

7h30. Il se dirige vers la cuisine où il aperçoit Raphaël dévorer son bol de céréales chocolatées. Il s'assoit sur une chaise.

– Nuit agitée avec la belle espionne ? balance le rebelle, la bouche tachée par son lait chocolaté.

– Où se trouve la salle de bain ?

– Juste après la salle des techniciens. Tu feras gaffe, mais ça se voit qu'elle te fait de l'effet !

– Tiens, tu apprends l'humour.

– Je te dis ça parce que tu n'as pas arrêté de répéter son nom cette nuit.

En sortant de la douche, il ne pouvait s'empêcher de se poser la même question. En revenant dans la cuisine, son téléphone se met à vibrer et affiche le nom de Gosselin. Il décroche et met en haut-parleur pour que Raphaël entende. Ryo n'a trouvé aucune trace de la Panthère en Chine. Il vient de prendre l'avion et ne rentrera sur Paris que demain matin. Quant à Erwin, les renseignements ont appris qu'il dirigeait un réseau de prostitution et de trafic d'êtres humains qui s'étendaient dans toute l'Europe. L'arrestation et l'interrogatoire de ses hommes a permis de localiser leurs planques et ainsi démanteler tout le réseau et de sauver des centaines de victimes. On a retrouvé des carnets avec la liste de toutes les victimes, notamment certains noms du manoir Maurin. Ces bonnes nouvelles ne réjouissent pourtant pas les visages des deux jeunes hommes. Cependant, l'homme aux lunettes noires décide de se lever et demande à Raphaël s'il a des affaires de rechange. Il lui indique que dans la salle des costumes, il avait largement le choix.

– Parfait, je t'invite à boire un verre pour célébrer cette victoire. Par contre, il faut être bien habillé là où on va, dit Robby.

– Tu veux faire la fête alors qu'une organisation criminelle court toujours ? Commence à s'énerver Raphaël.

– Calme-toi et fais-moi confiance. Rendez-vous à 21h à cette adresse, ça te plaira beaucoup, lance-t-il en même temps qu'une carte de visite.

– Attends 21h ? Mais tu comptes faire quoi de ta journée ?

– Je dois voir Charlotte cette après-midi. Elle m'a envoyé un message ce matin.

– T'as son numéro !?!...Je reconnais le professionnel que tu es, toujours sur les bons coups.

– Je ne suis pas aussi assoiffé de sexe. Et contrairement à toi, je n'ai pas une carte de membre actif dans chaque bordel clandestin de la capitale.

*

* *

La charmante espionne lui a donné rendez-vous dans le 11ème arrondissement sur une terrasse à côté de la Bastille. Robby s'installe à une table et observe la foule. Un passe-temps qu'il pratique depuis cet accident avec ses parents. Apprendre à décoder les jeux psychologiques qui se trament pour chaque individu permet de passer le temps quand on n'a pas beaucoup d'amis. Soudain, il entend une voix féminine : « Bonjour Monsieur. Puis-je m'installer à votre table le temps de ma pause ? »

En tournant la tête, il reconnaît Charlotte déguisée en serveuse. Elle s'installe en face de Robby avec une assiette de cuisses de poulet et une purée mousseline maison.

– Tu prends vraiment ton métier d'espionne très à cœur, dit le mentaliste.

– Tu n'imagines pas le nombre d'informations qu'on récolte en étant serveuse, répond-elle tout en découpant sa viande.

– Qu'as-tu obtenu comme résultats avec l'analyse du sang de Raphaël ?

– La composition hémodynamique de Raph est très différente du sang recueilli sur toutes les victimes. Il y a la présence de plusieurs enzymes de régulation chez Raphaël qu'on ne trouve chez aucune victime. Alors j'ai demandé de séparer les enzymes du sang de Raph et de les mélanger avec le sang des victimes. Le sang démoniaque de chaque victime est redevenu un sang normal au bout de quelques heures. Actuellement, nos labos travaillent sur un vaccin.

– Intéressant. Tu arrives à articuler tout en avalant la purée, je suis admiratif...

– T'es pas mal dans ton genre, répond Charlotte avec un sourire malin.

Elle se lève et lance son assiette dans la figure de Robby. Le jeune homme avec les lunettes recouvertes de purée prend une serviette et répond de façon plus sérieuse :

– Tu lui ressembles beaucoup.

La jeune femme se fige instantanément. Comme s'il savait. Il se lève de table, se rapproche et lui murmure à l'oreille « Merci, je te recontacte » et laisse la jeune femme complètement choquée.

*
* *

Le soir venu, un portail haut de plusieurs mètres donne sur l'entrée d'un grand hôtel de luxe parisien. Un majordome pour vous accueillir, le marbre blanc domine le hall orné de bougies électriques sur lustres argentés. En faisant quelques pas, des vases d'origine asiatique bordent chaque coin du hall et au bout du couloir se trouve un escalier de marbre blanc accompagné de dorures sur la barre d'escalier. L'ambiance feutrée et cosy que dégage l'atmosphère de cet endroit finit de planter le décor de cet hôtel. C'est propre, classe et luxueux. Raphaël ne se sent pas vraiment à l'aise dans son beau costume cintré. Le mentaliste s'avance d'un pas assuré vers le réceptionniste :

– Est-ce que la température du whisky convient toujours aussi bien derrière ce comptoir qu'à Kaboul, demande Robby ?

– Les balles ne pourront jamais rivaliser avec ta répartie, répond le réceptionniste avec une voix grave. Ça faisait longtemps, Constentin.

– Je te présente, mon ami. Raph…

– Raphaël Stern, professeur de karaté qui a ouvert son club pour venir en aide aux enfants en difficulté. A été recueilli à l'âge de huit ans par sa mère adoptive Matiya Stern qui lui a légué un vieux théâtre dans lequel vous logez avec votre ami le pasteur.

Le rebelle agrippe le col du réceptionniste, colle sa tête contre le comptoir et lui pose son flingue sur la tempe.

– T'es qui ? demande Raphaël en respirant fortement.

– Ranges ton flingue et attends, dit le mentaliste. Si tu continues, tu vas ramener les flics. Tu peux me rappeler où nous devrions être officiellement ?

– Tu m'énerves le psy, souffle le rebelle en rangeant son flingue.

– Votre beretta 92 commence à se rayer au niveau du canon et le chien de votre arme commence à s'abîmer. La chambre doit être dans un sale état. Vous êtes plutôt du genre à tirer sur ce tout ce qui bouge pour ne pas gaspiller vos balles. Le genre à tout décharger avant la fin. Oohhh hoh ohoh oh , ricane grassement le réceptionniste.

– Très bon résumé, Léo. Maintenant, amènes-nous dans ta grotte. Je sais qu'elle se trouve ici, c'est pour ça que je suis venu te voir.

Il les amène tous les deux dans une chambre de l'hôtel au deuxième étage. En ouvrant la porte, ils découvrent un duplex de 80m2. Les fenêtres qui offrent une magnifique vue sur le champ de Mars sont fermées par des volets qui datent du dix-neuvième siècle, ce qui permet de dissimuler plusieurs ordinateurs et des dizaines d'écrans de surveillance qui affichent plusieurs lieux emblématiques de Paris. L'ambiance luxe des fauteuils en velours contraste avec le bureau ultra technologique. Léo se dirige vers le minibar, sort trois verres à whisky et une bouteille de whisky japonais de vingt-et-un ans d'âge.

– Faîtes comme chez vous, dit Léo à ses deux invités. Les cendriers sont sur la table.

Raphaël en profite pour s'installer sur l'un des fauteuils en velours et griller une cigarette tout en observant attentivement Léo les servir. Le réceptionniste se dirige ensuite dans la salle de bain et ferme la porte derrière lui.

– C'est qui ce type ? Tu peux m'expliquer ce qu'on fout là, interroge le prof de karaté.

– J'ai rencontré Léo pendant une mission en Irak et nous avons travaillé ensemble pour retrouver et interroger des agents de Daesh qui prévoyaient un attentat sur le territoire français. Cette mission a duré plusieurs semaines et on a fini par sympathiser. C'est un ancien agent du renseignement extérieur, spécialisé dans le hacking. Il a été repéré par le gouvernement français parce qu'il s'amusait à collecter des infos sur certains hobbies plutôt douteux de nos chers hommes politiques. Au lieu de l'envoyer en prison, Batignolles s'est dit que ses talents de hacker pourraient servir le gouvernement.

– Et pourquoi il bosse dans cet hôtel si c'est un agent secret ?

– J'avais trouvé tellement de casseroles que les donner aux Anonymous auraient plongé le pays dans un chaos total, s'esclaffe Léo en sortant tout nu de la salle de bain, son verre dans la main et la clope au bec. Délits d'initiés, corruptions et d'autres affaires qui me causeraient beaucoup d'ennuis. L'État a préféré m'écarter du jeu en s'appropriant toutes les infos que j'avais récoltées. Pourtant je suis un patriote. Me retrouvant au chômage, j'ai proposé mes services au plus offrant et cet hôtel a particulièrement su trouver les mots pour séduire mon palais. Ils ont la cave à Whisky la plus remplie de la capitale. J'assure la cybersécurité de l'établissement qui accueille régulièrement des célébrités et ces clients n'ont pas envie de retrouver des vidéos compromettantes sur les réseaux sociaux. L'hôtel m'offre cette superbe chambre en contrepartie et les bonnes bouteilles qui vont avec.

L'apparition du réceptionniste dans son plus simple appareil met rapidement Raphaël très mal à l'aise, et il se cache les yeux pour ne pas voir la scène.

– J'avais oublié ce léger détail, souffle Robby en restant impassible.

– C'est ça que t'appelles un léger détail, crie Léo en faisant tourner son sexe dans le sens des aiguilles d'une montre.

Quant à Raph, ses mains restent collées aux yeux par peur de ne plus retrouver la vue. Robby pose alors trois photos sur le bureau : Castin, Ophélia et Panama. Léo soupire, boit un verre de whisky japonais et s'assoit sur son fauteuil. Il tape sur son clavier pendant quelques secondes, puis sort trois feuilles de son imprimante qui se trouve sous son bureau, à côté d'une caisse remplie de whisky.

– Depuis l'incident à l'église jusqu'à la tour Montparnasse, j'ai pas arrêté de suivre vos aventures. Et puis vous faire passer pour mort, c'était excellent. J'ai pas réussi à vous tracer au Japon, mais je suppose que c'est pour ces trois loustics.

– Où sont-ils ? Demande Robby.

– Aucune trace d'eux ces derniers temps, c'est comme s'ils avaient disparu. Et j'ai cherché toute trace de leurs comptes bancaires et toute organisation liée à D-MON. C'est comme s'ils n'existaient plus. J'ai lancé un spyware[17] pour m'alerter s'il y avait du mouvement. Je te tiens au courant. Une autre feuille sort de l'imprimante.

– Au fait, voici une copie de l'analyse du sang de ton ami qui aime le cuir. Comme ça, il sera au courant.
– De quoi il parle, le psy ? , interroge Raphaël pour Robby.
– Notre ami ici présent est allé voir la belle espionne non pas pour conclure mais pour obtenir des infos sur votre sang. Et il s'avère que votre sang peut guérir les victimes qui se transforment en bête assoiffée de sang.

Raphaël finit son verre cul sec, sa cigarette en une bouffée et se lève du canapé. Il s'avance vers Robby et lui lâche : « Je sais que tu tiens à tes lunettes... ». Et il lui assène un lourd coup-de-poing dans le ventre. L'homme aux lunettes intactes s'écroule à terre, plié en deux et le souffle coupé.
–Je t'attends dehors, termine Raphaël.

Après que le rebelle ait refermé la porte de la chambre, Robby reste allongé à terre. La main posée sur le ventre, cette douleur ne l'emporte pas sur cette peur. Depuis la mort de ses parents, personne ne comprenait ses paroles tel Cassandre annonçant la guerre de Troie. Et quand les autres les comprenait, on le traitait de personnage arrogant et manipulateur.

---

17 Spyware : ou logiciel espion. C'est un logiciel malveillant qui s'installe dans un ordinateur ou autre appareil mobile, dans le but de collecter et transférer des informations sur l'environnement dans lequel il s'est installé, très souvent sans que l'utilisateur en ait connaissance.

– Il n'y a pas que mon alcoolisme qui n'a pas bougé d'un gramme, ironise Léo.

– Je ne savais pas comment lui dire, dit le jeune homme allongé. Quitte à souffrir, autant prendre la douleur pour soi pour protéger autrui.

– Je te connais Robby, tu n'as pas osé lui dire la vérité parce que tu l'aimes bien. Et t'aimes pas blesser les gens que tu aimes. Mais mieux vaut une vérité qui fait mal qu'un beau mensonge.

Robby se rappelle de cette mission en Irak. Il a été envoyé à Al Fallujah, située à 50km de Bagdad, bordée par les montagnes de l'Euphrate, uniquement accessible en blindé ou en train. La voie aérienne est impossible puisque la zone est protégée par des missiles sol-air dissimulés autour de la ville. Une équipe tactique a été envoyée par le Quai d'Orsay pour localiser une cellule de Daesh qui formerait des djihadistes. L'adresse du fixeur[18] se trouvait dans un quartier résidentiel qui se situait à l'ouest de la ville. Le propriétaire était un restaurateur qui possédait plusieurs établissements, ce qui était parfait pour accueillir l'équipe tactique. Cinq membres composaient cette équipe : un sniper, un expert en armement et pyrotechnie, Léo en tant que technicien des réseaux informatiques, Robby comme négociateur et le capitaine Armand, du 5ème régiment des Dragons[19]. La mission consistait à capturer un des djihadistes français, lui

---

18Un **fixeur** (francisation du substantif anglais *fixer*, de *to fix*, « arranger »), ou **accompagnateur**, est, dans une région à risque ou connaissant des troubles, une personne du cru faisant office à la fois d'interprète, de guide, d'aide de camp pour un journaliste étranger. Il peut par exemple organiser une rencontre avec tel ou tel personnage local. Le fixeur agit pour le compte d'une production généralement occidentale. Sa connaissance du terrain et des administrations locales fait de lui un intermédiaire indispensable avec la population et les autorités. Il peut cependant devenir la cible des belligérants qui peuvent le considérer comme « traître ».

soutirer des informations puis le relâcher après reconditionnement neuro-psychologique de Robby, ce qui évite les soupçons et d'être repéré. Il a fallu plusieurs semaines de filatures pour trouver la cellule dormante. Armand réussit à capturer un terroriste et le ramèna à la planque pour l'interroger. Il fut attaché pieds et poings liés, on lui mit un bandeau sur les yeux. Puis il fut bâillonné avec une serviette autour de la bouche pour qu'il soit le plus confus possible.

Robby commença à parler au terroriste qui tentait de se débattre. Et plus il se débatait, plus la voix de Robby se détendait. Le mentaliste commença par ralentir le ton de sa voix. Et au fur et à mesure, le jeune homme aux lunettes noires commença à disséminer plusieurs inductions hypnotiques qui apaisèrent le terroriste de plus en plus. Il vérifia la catatonie et la détente de sa victime en soulevant son bras et en le laissant retomber. Au bout d'un moment, il piqua à plusieurs reprises le genou de la victime avec son couteau militaire, qui n'exprima aucune émotion. Alors il débuta un court interrogatoire, suffisant pour récupérer toutes les infos nécessaires pour localiser plusieurs cellules dormantes en France et les différentes cibles. Les infos furent transmises à Matignon et la mission fut accomplie, il était temps de repartir. Sauf que le terroriste commença à réciter une prière en arabe alors qu'il était encore en transe hypnotique. Cette prière alerta le capitaine Armand qui dit à ses hommes de s'enfuir car c'est une prière que récitent les terroristes avant de...

195Ème régiment des Dragons : régiment de cavalerie à dimension interarmes au sein de la 7e brigade blindée. Le 5e régiment de dragons compte neuf unités : un escadron de commandement et de logistique (ECL), trois escadrons blindés, deux compagnies d'infanterie, un escadron de reconnaissance et d'intervention, une compagnie d'appui mixte (génie et artillerie) et un escadron de réserve

Robby se lève et pose son verre de whisky japonais sur la table basse. Il reprend la copie de l'analyse de sang de Raphaël et remercie Léo pour son aide. En se dirigeant vers la sortie, Léo lui donne un dernier conseil.
– Tu devrais faire la même chose pour elle...

CHAPITRE 14
Faux espoirs

Les bruits des valises qui défilent sur le tapis roulant accompagnent Ryo à sa sortie d'avion. Il est 7h34 et le pasteur est accueilli par une demi-douzaine de douaniers qui surveillent le flux des passagers. L'un d'entre eux, un ami de Gosselin, se charge de contrôler son faux passeport. L'homme avec sa croix reste impassible, prend sa valise et marche tranquillement vers la sortie, où attendent Robby et Raph qui jette sa cigarette par terre avec les dizaines de mégots devant ses chaussures.

– Alors, t'as profité des bordels et des petites chinoises ? En tout cas, je suis content que tu sois rentré, dit Raphaël en souriant.

– Tu as appris où se trouve la Panthère, demande Robby ?

– Comme je l'ai dit à Gosselin, on n'a pas trouvé une seule information concrète sur la présence ou non de la

Panthère. Avec Shu, on est tombés dans une impasse, répond le pasteur d'une voix monocorde.

Alors le mentaliste lui sourit. Il s'approche. Puis pose sa main sur son épaule. Et sans prévenir, il décoche un puissant direct du droit dans le visage de Ryo qui titube et recule d'un pas en arrière.

– Eh mais ça va pas ? Pourquoi tu lui as mis une pêche dans la gueule, interroge le rebelle stupéfait de la réaction si surprenante de Robby ?

– Te fous pas de moi, homme de Dieu. Les voies du seigneur sont impénétrables, mais je sais quand on se fout de ma gueule. Pourquoi tu ne dis pas la vérité, réclame le jeune homme aux lunettes noires ?

– Je te l'ai dit, on s'est retrouvés dans une impasse, répond le pasteur qui reprend peu à peu ses esprits.

Robby se précipite sur Ryo, mais Raphaël s'interpose pour l'immobiliser. Le mentaliste écarte le prof de karaté et lève son poing pour de nouveau frapper le pasteur quand soudain, son téléphone satellite se met à sonner et immobilisa quelques secondes les trois protagonistes. Le jeune homme en colère sort son téléphone et le décroche. Il demande à ses deux camarades de le suivre et se dirige à l'extérieur de l'aéroport. Puis il met le haut-parleur. Gosselin a eu vent d'une info au Ministère de l'Intérieur : une transaction illégale est prévue ce soir entre les représentants d'une importante firme pharmaceutique et des conseillers politiques de l'actuel Ministère Serbe de la Santé. Les renseignements soupçonnent cette firme de revendre des médicaments périmés aux pays de l'ex-Yougoslavie. Avec l'argent de la vente, la firme finance des recherches expérimentales sur des patients malades afin d'expérimenter leurs médicaments, et ainsi vendre ces nouveaux médicaments pour soigner les malades. En échange, ces conseillers payent en organes trouvés sur le marché noir. Un général de division se charge d'effacer les disparitions, ainsi personne n'a disparu. Personne ne va s'en soucier et encore moins les réclamer. Castin serait le complice de ce général.

– Cette pratique est totalement immorale et je n'ai pas l'autorisation d'intervenir officiellement. Mais officieusement... C'est pour ça que je fais appel à tes services, termine Gosselin.

– Que veux-tu que je fasse ? demande Robby.

– Si on veut mettre un terme à cette pratique, il faut que tu arrives à enregistrer leur conversation ce soir et ensuite diffuser cet audio sur les réseaux sociaux, prévenir des journalistes. On ne peut peut-être pas les arrêter, mais un scandale public coûte beaucoup plus cher sur la scène médiatique que les honoraires d'un avocat.

– Où est-ce que se situe la rencontre ?

– Safari Night, 22h30. La sécurité sera renforcée mais il recherche des hommes pour ce soir. Je ne veux pas que tu y ailles seul, donc tu y vas avec tes amis.

– Oh super, j'ai toujours rêvé de jouer les espions comme Tom Cruise dans Mission Impossible, affirme Raphaël.

– C'est une mission d'infiltration, Messieurs. Donc pas de flingues et pas d'explosions.

*
* *

La foule commence à s'agglutiner devant les portes du Safari. Garçons en chemise et nœud papillon, demoiselles en tenue très sexy impatientes de danser sur la piste. Raphaël surveille à l'entrée de la boîte, Robby se promène sur les différentes pistes de danse et Ryo est derrière le comptoir pour servir les cocktails. Au bout de quelques minutes, Robby interroge discrètement Raphaël en croisant dans la cuisine à côté du bar.

– Tu dois avoir du beau monde à l'entrée.

– Affirmatif, y a de très grands chirurgiens et du beau monde de la médecine. il y a pas mal de toubibs qui sont avec leurs gardes du corps.

– Ryo, ça va être à toi de jouer, tu attends encore dix minutes que tout le monde soit là et tu vas les servir, l'équipement d'enregistrement est en place ?

– Oui tout est opérationnel, reçu.

– J'y retourne, relance Raphaël. Sinon un seul gorille à l'entrée ça va leur paraître suspect.

Tout ce beau monde se dirige vers une salle VIP où des filles se déhanchent et le champagne à trois mille euros la bouteille coule à flot. Une voix s'élève dans la foule :

– Messieurs ! C'est avec joie que je vous retrouve en charmante compagnie. Elles sont jeunes et sont là pour vous satisfaire, alors n'hésitez pas ! Mais avant ça je voudrais laisser la parole à notre ami Olivier Frémont.

Tout le monde applaudit. Au même moment, Ryo entre avec un chariot plateau accompagné d'une serveuse.

– Je vous remercie, commence Frémont. Comme vous le savez, le système de santé en France s'américanise de plus en plus. Autant il y a quelques années, c'était quasi impossible de diversifier ses sources de revenus en tant que médecin. Mais avec la crise de 2008, la paupérisation des classes populaires et l'afflux de migrants, c'est une aubaine pour vendre des médicaments hors circuit et trouver des organes pas chers pour nos généreux clients. Je souhaite sincèrement remercier nos partenaires venus de Serbie qui représentent nos meilleurs fournisseurs. Qui a dit que la mondialisation était une mauvaise chose ?

Ryo n'en perd pas une miette tout en servant tout le monde avec la serveuse.

– Plus un geste ! résonne brusquement dans la pièce. Un silence est suivi de quelques rires.

– Et voici notre partenaire ! Celui qui se charge de couvrir la disparition de nos marchandises ! Le général de division Thibaut Longpré !

L'homme salue tout le monde sous les applaudissements et rajoute :

– Quand ce sont des cas sociaux à la rue, je suis pas emmerdé avec les signalements de disparitions !

Tout le monde éclate de rire. Malheureusement à cause de la fatigue due au voyage et au décalage horaire, Ryo trébuche et renverse une bouteille de rosé sur les genoux d'un des médecins. Ce dernier s'énerve sur Ryo en le traitant de bon à rien. Il agrippe Ryo par le col et le jette à terre, ce qui fait tomber le système d'enregistrement scotché sur le torse de Ryo. Les gardes du corps braquent toutes leurs armes sur Ryo. L'un des gorilles tire une balle dans l'épaule droite du pasteur qui n'a pas le temps de se relever. Il compresse la plaie et souffre en silence. Aussitôt entendu le coup de feu, Raphaël se précipite vers la salle VIP. Robby, qui a anticipé sa réaction, est devant la porte. Le rebelle le pousse et lui arrache son glock 21 de la ceinture et rentre dans la grande salle VIP. Le glock de Robby et son beretta M9 en main, il prend soin de fermer à clé la porte derrière lui.

– Eeeh bonsoir messieurs !

Toutes les armes sont à présent braquées sur lui. Sur l'une des tables se trouve le chirurgien Frémont. Il se rapproche de cette table et pose son beretta sur la carotide du chirurgien.

– Ryo ça va ma poule ? Tu tiens le coup ?
– Reste zen, tu vas encore tout faire capoter...
– Mais non, mais non voyons. Toi, prends la mallette de secours sur le mur et soigne mon ami. Magne ou je t'allume, demande-t-il à l'un des médecins, qui obéit sans discuter.

Derrière la porte, Robby prévient Gosselin que la situation dégénère. Frémont, la voix tremblante, commence doucement à s'adresser à Raphaël.
– Votre enregistrement n'a aucune valeur, vous serez pris pour des complotistes et passerez pour des dingues.
– Putain, mais t'as raison toubib c'est pas faux. Mais les dingues c'est qui ici ? Hein ?! Peut-être que personne ne nous écoutera mais on aura fait ce qui est juste.
– Qui est cet énergumène?! lance un des pharmaciens présent.
– Raphaël Stern. Maîtrise parfaite de l'art du combat et de la mise à mort. Impulsif, sexualité dépravée, qui se fait passer pour mort et joue au justicier avec ses deux potes, réplique le chef de division Longpré.
– T'es bien renseigné flicard. T'es même indigne d'être appelé flic vu toutes les saloperies dans lesquelles tu trempes, se ravise Raphaël dans la salle. J'aurais honte à ta place, tu as prêté serment de protéger la population et de servir ton pays et tu fous tout ça en l'air pour du fric.
– Épargne- moi ta morale, tu ne sortiras pas d'ici vivant.

– C'est mon métier de survivre.
– Ha ha ha ha !!! Encore une réplique cinématographique !
Castin m'avait mis au parfum... Il dit aussi qu'on ne peut
pas te tuer... Je suis persuadé du contraire.
Raphaël se lève, balance Frémont sous la table et monte
sur celle-ci. Longpré est prêt à donner l'ordre de tirer, au
même moment la serveuse déverrouille la porte, Robby
entre.
– Baissez vos armes, dit Longpré.
– Calme-toi, dit Robby en s'avançant la main levée vers
Raphaël.
– Tu joues à quoi Robby ?!
Raphaël braque son beretta sur ce dernier qui par une prise
d'aikido très rapide le désarme et le braque à son tour.
– J'y crois pas Robby, tu me braques ??!!
– Stern... je connais ce nom ... j'ai eu affaire à votre
mère... » réplique d'un seul coup un des médecins.
Raphaël, choqué , regarde le médecin avec insistance.
Robby observe la scène et comprend en quelques secondes
ce qui a tout déclenché. Le rebelle se dirige dans un état
de fureur vers le médecin.
– Lève-toi connard, dit-il en le tirant par le col. Tu te
rappelles qui je suis ?
– Je me suis occupé de votre mère jusqu'au bout du...
– ...tu n'as pas su sauver ma mère, sale enfoiré !!!
– J'ai tout fait pour la sauver. Elle m'a souvent parlé de
vous, vous étiez sa lumière.
Raphaël est troublé, une larme coule le long de sa joue.
Mais la colère remonte très vite, il appuie sur la détente.
Clic. Le glock est vide.
	Les portes du Safari Night sont alors défoncées par
dix hommes du RAID menés par Gosselin. Frémont est

menotté et arrêté, les autres membres du réseau aussi. Longpré se lève tout doucement et attrape l'arme d'un garde du corps.

« Pardonne-moi Gosselin. »

Une balle éclate une dernière fois et le corps de Longpré tombe lourdement avec le crâne troué à la tempe. Robby confie le beretta de Raphaël au commissaire. Ce dernier s'avance vers le rebelle, qui a l'air plus paumé que d'habitude. Ryo est emmené à l'hôpital, mais heureusement la balle n'a pas endommagé d'organe vital.

*
* *

En consultant le fichier du médecin qui avait suivi la mère adoptive de Raphaël, Robby découvre qu'à l'origine c'était un bon médecin. Suite à la mort de sa femme, il a sombré dans une grande dépression. Pour oublier la douleur, il a plongé dans un « business » plus que douteux. Quant à Longpré, Gosselin confie à Robby qu'il le connaissait très bien. Ils avaient été à l'école de police ensemble. Ils étaient amis et formaient un trio eux aussi avec Castin. Quelques jours plus tard avec l'aide d'une amie journaliste, Gosselin diffuse l'enregistrement aux médias et sur les réseaux sociaux en coupant bien entendu le passage où les trois compères débarquent.

*
* *

De retour au théâtre, Raphaël se confie à Ryo.

– Tout ça devient éprouvant pour moi. J'ai de plus en plus de mal à gérer tout ça.

Assis sur un petit muret dehors derrière le vieux théâtre, Robby rejoint le pasteur et le rebelle qui préfère s'éloigner.

– Il m'évite, dit Robby,

– J'ai bien peur que oui ,répond Ryo avec son bras droit dans son coude au corps.

– Dis-moi, qu'est-ce qui t'a fait flancher dans la salle VIP ?

– Pour être honnête, je n'étais pas à l'aise... Je n'ai jamais joué aux espions, je n'ai même pas de formation militaire ! Et puis depuis les voyages en Asie, je n'ai pas pu me reposer, et j'ai encore le décalage horaire en pleine poire.

– Raph est tellement instable que ce serait arrivé quand même tôt ou tard. On les a eus, c'est tout ce qui compte, affirme Robby en faisant une tape sur l'épaule qui fait gémir Ryo de douleur. Sinon, que penses-tu de l'état psychologique de Raphaël en ce moment, toi qui le connais bien ?

– Il se dégrade. Son esprit est très tourmenté. Des douleurs du passé le submergent et il prend très à cœur nos missions mais agit avec énormément d'impulsivité. Il fait son bad boy mais son hypersensibilité lui joue des tours. Il s'occupe aussi bien des problèmes d'Alina que de donner des cours à des enfants en difficulté. Bref, aider les autres pour ne pas s'occuper de sa propre souffrance.

– Tu ne crois pas que c'est notre cas aussi, Padré, réplique Robby ?

Long silence.

*

* *

Quelques heures plus tard, au milieu de la nuit, Ryo est réveillé par un boucan d'enfer, puis par un léger bruit. Comme un briquet que l'on allume sans arrêt. Il allume sa vieille lampe de chevet, se lève et se dirige vers la cuisine. Le long imper noir de Raphaël est étalé par terre. Le rebelle est assis contre le frigo.

– Eeeh t'as pas un briquet qui marche, le cureton !? hurle Raphaël.

– Oh Seigneur, dit Ryo l'air désespéré.

– Aaaah c'est gentil ça ! »

Une bouteille de whisky vide se renverse à côté de lui. Le prof de karaté est tellement ivre qu'il ne parvient pas à allumer sa cigarette qui tient à peine entre ses lèvres. Robby qui ne dormait pas, arrive dans la cuisine et fait une moue inquiète.

– Oooh ooooh je mange pas trop d'hamburgers, hein !?! Putain de psy !

Robby reste silencieux. Avec Ryo, il décide de l'emmener prendre une douche bien froide. Au moment de le relever, le rebelle les envoie voltiger à l'autre bout de la cuisine d'une sphère noire. Secoués, ils se relèvent. Tant bien que mal, ils l'emmènent sous une douche glacée où Raphaël vomit les deux bouteilles et demie de whisky qu'il a bues.

– Même si vous m'faites chier, j'vous aime les gars, lance Raphaël avant de s'écrouler au sol comme une loque en s'endormant.

À trois bras, ils le portent jusque dans son lit. Robby prend dans sa poche son portable satellite. Ryo lui déconseille de le faire car ça risquerait de rendre furax Raph. En déverrouillant le portable, Robby s'attarde sur le fond d'écran. Bien que la galerie contienne des photos de filles goths* dénudées en talons hauts, le fond d'écran lui est beaucoup plus paisible. Il s'agit d'une photo d'Alina qui porte l'imper de Raphaël, allongée dans l'herbe, riant aux éclats.

– Je pense qu'il devrait passer du temps avec elle, indique Ryo en regardant l'écran.

– Tu m'as pas dit que je ne devais pas regarder dans son téléphone, répond Robby en souriant ?

– Tssk, répond Ryo avec un sourire en coin. Je vais lui parler demain.

Le matin, Ryo se lève aux aurores pour lire sa Bible et prier dans sa chambre. Une heure plus tard, Robby va dans la salle principale, se sert un café en lisant ses notes. Le pasteur sort de sa chambre. D'un placard, il sort une console portable noire, avec des touches faisant penser à des carrés, triangles, ronds, croix... Il l'allume et une musique se fait entendre.

– Tu joues à ça toi, fait remarquer Robby ?

– Parfois quand j'ai besoin de me détendre, ça peut m'arriver de jouer à un bon petit RPG, explique Ryo. Quand je vivais au Japon, je connaissais quelqu'un qui avait toujours des bons plans pour me dégoter des jeux pour pas cher. Avec Kenji, on aimait bien aussi faire des beat'them-up dans les salles d'arcade. Bon par contre, il nous a déjà attiré des embrouilles donc je ne te cache pas que les séances de combat virtuel se faisaient suivre par du combat réel.

– Je comprends comment tu as pu mettre une dérouillée à Raphaël sur la borne d'arcade à Tokyo ! Mais attends ton épaule va mieux on dirait? Sinon tu pourrais pas jouer avec tant d'aisance ?

– J'ai l'énergie divine qui passe à travers moi quand je prie. D'où une régénération plus rapide, même si j'ai encore légèrement mal. Cela dit c'est un RPG old school, pas un jeu de baston. Pas besoin de mouvements brusques. Au fait, j'ai pas encore pu me reposer depuis mon retour, alors je me mets en break pour l'instant.

– Je pense qu'on a tous les trois besoin d'un break, en effet. Et la femme-flic, t'es toujours en contact avec elle ?

– Pas de nouvelles de l'affaire, non, du moins pour l'instant, dit Ryo tout en restant concentré sur sa console portable.

– Non, mais en dehors de ça, je voulais dire... vous ne vous parlez plus, même à titre personnel ?

– Qu'est-ce que tu entends par cette question ?

– Hoho, tu sais très bien ce que je veux dire !

– Elle est occupée avec d'autres affaires aux dernières nouvelles.

– Aah, ça veut dire que vous vous êtes donné des nouvelles récemment !

– Et ? c'est interdit de se donner des nouvelles? Fais attention, Raph déteint sur toi avec ce genre de blague douteuse !

*
* *

En fin de matinée, de la musique dark electro se fait entendre depuis la chambre de Raphaël. Ses deux compagnons comprennent qu'il s'est réveillé. Ryo toque à la porte et interpelle Raphaël. Ce dernier lui dit timidement de rentrer. Il est assis sur son lit, en marcel blanc, la couverture au-dessus des jambes, se sent bête par rapport à ce qui est arrivé la nuit dernière. L'homme de foi rentre et s'assied sur une chaise à côté du lit. Raphaël s'attend à se faire sermonner, mais cette fois-ci, il ne compte pas répondre. Il se sent trop honteux pour dire quoique ce soit. Ryo regarde Raphaël et lui sourit.

– Hey. Ça te dirait de prendre un break ?

– T'es sérieux ?

Robby, installé de l'autre côté du mur, reste coi.

– On est tous un peu à cran. J'en parlais avec Robby, il est d'accord aussi. Lui-même a besoin de laisser son cerveau se reposer un peu, même si j'ignore s'il va vraiment le laisser en off. Car quand je le vois, j'ai l'impression que même involontairement, son cerveau analysera la moindre céréale que tu avaleras pour essayer de percer les mystères de la vie.

– Tu commences à faire des blagues toi aussi ? Tu m'inquiètes !

– Moi aussi, j'ai besoin de repos. Écoute, pourquoi tu vas pas voir ton amie Alina ?

Raphaël serre la couverture entre ses mains.

– Tu crois pas que ça te ferait du bien ?

– T'as peut-être raison...

– Oublie le combat pendant quelques jours et refais-toi une santé.

Ryo sort de la chambre. Il se pose sur sa chaise et recommence à jouer à sa console. Puis Raphaël arrive dans la salle principale, ayant enfilé son jean et son blouson en cuir. Il s'excuse auprès de ses amis pour son comportement d'hier soir et souhaite se retirer pendant quelques jours. Tous deux acquiescent avec un large sourire. Le jeune homme sort et passe un appel à Alina pour la retrouver. Il lui propose d'aller faire un tour pour passer du temps en toute tranquillité. Quant à Ryo, il éteint sa console.

– Un problème, demande Robby ?

– Pfffiou, je n'ai plus l'habitude du farming[20] de ces RPG old-school. Et puis j'ai envie de prendre l'air, répond le pasteur.

– Fais attention à pas te faire remarquer si tu vas faire un tour au quartier japonais.

– Non, je vais en dehors de la ville, à l'air frais. Cela dit faudrait trouver un moyen de passer inaperçu si on se fait provoquer en ville. Genre... cacher notre visage, avec une grosse écharpe ou un truc du genre...»

– Peut-être des masques... ?

– Voire même carrément des casques.

– Raphaël, sors de ce corps !

– Ben, des masques c'est un peu cheap quand même. Ça tombe facilement. Des casques ça passe mieux.

– On en reparlera, va donc prendre l'air !

Ryo sort, enfile un casque et part faire un tour en moto tandis que Robby décide de se promener en forêt.

*
* *

Raphaël et Alina étaient assis sur l'herbe en train de manger un kebab. Ils rient beaucoup ensemble. Raphaël fait des imitations de Robby et Ryo pour faire rire Alina. Ils s'embrassent et se promènent. Tout est paisible. Assise

---

20Farming : Le *farming* est, dans un jeu vidéo (généralement un RPG, souvent massivement multijoueur), la pratique qui consiste à consacrer une partie du temps de jeu à récolter de l'argent, des objets, ou de l'expérience en répétant sans cesse les mêmes actions, en visitant les mêmes donjons ou en tuant le même groupe d'ennemis dans le but de s'enrichir/monter en niveau rapidement.

sur un banc, Alina demande avec beaucoup d'hésitation à Raphaël :

– Ça te dirait de construire quelque chose avec moi... ?

– Je ne suis pas fait pour ça. On a trop de choses à faire avec Padre et le psy. Tu ne dois pas m'aimer...c'est dangereux pour toi. Il y a du mal en moi et la seule façon de m'en préserver, c'est de combattre les ténèbres... je ne sais pas ce que je suis...

Alina, blessée, attristée et ne comprenant pas trop la situation, sert le rebelle fort dans ses bras.

CHAPITRE 15
Blessé pour sauver

Une semaine passe. Ces derniers temps ont été assez calmes. Voire un peu trop. Samedi soir, 20h37. Ryo envoie un SMS à ses deux amis.

« Venez de toute urgence au théâtre. »

Robby, accompagné de Léo dans un luxueux restaurant, se précipite dans sa voiture et fonce à toute vitesse. Raphaël descend à toute vitesse les marches de l'escalier d'Alina et se jette sur sa moto. La jeune femme lance depuis sa fenêtre le casque du motard pressé, qui lui répond par un clin d'œil. Il démarre bruyamment et parcourt les rues parisiennes à toute allure. Robby arrive sur les lieux le premier. Il descend de la voiture avec Léo et rentrent tous les deux très vite dans le vieux théâtre, glocks à la main. Raphaël arrive juste après et se gare en faisant un dérapage qui manque de percuter la voiture de Robby. Ce dernier avance doucement avec Léo et se retrouve à l'entrée de la cuisine. Alors surgit Raphaël qui bouscule Léo et Robby en lançant un cri viril. En entrant dans la cuisine, il se prend les pieds dans un des jouets de son chat, trébuche et glisse à plat ventre sur la table de cuisine. Le choc entre le rebelle et la table fait tirer plusieurs balles de chaque beretta de Raph. Ryo se jette au sol.

– Du calme les gars ! Je voulais juste partager une prière et un repas avec vous.

Il a préparé une grande table pour ses camarades et a passé une bonne partie de l'après-midi à préparer de bons petits plats. Raphaël encore allongé sur la table avec du café sur le visage, se fait lécher le front par son chat ronronnant. Robby passe à côté de lui :

– Toujours ce besoin de tirer à tout va, lui dit-il en lui tapant sur l'épaule et en s'avançant vers Ryo. Ça fait plaisir de te revoir Padre, mais la prochaine fois évite ce genre de blague. Ça évitera à notre rebelle de foutre un tel bordel.

– Hu hu la prochaine fois j'y penserai, répond Ryo ! Malgré ta chemise tachée de vin et que ton ami a encore sa serviette dans son col, j'espère que vous allez quand même partager ma table ?

– Aaaah, comment te dire... tu m'épates !

– Ouais moi aussi, dit Raphaël en se relevant.

– Toi, on se demande pas quel péché tu étais en train de commettre, vu que ta braguette est encore ouverte.

Léo fait connaissance avec Ryo. Tout le monde est à table pour partager le repas. À la fin du repas, Léo demande à Robby de le raccompagner à l'hôtel.

*

* *

– Content de te revoir Ryo, débute Raphaël essuyant la sauce soja autour de la bouche.

– Moi aussi, dit-il en lui souriant.

– Qu'est-ce que t'en penses de ce Léo ?

– À sa façon, c'est un excentrique, mais il a de bonnes intentions.

– Mouais, moi il m'inspire pas confiance.

– Tu ne devrais pas te méfier de tout le monde comme ça... »

Raphaël reste silencieux en tirant une taffe sur sa cigarette. Vers la fin de la soirée, Robby rentre au théâtre. En passant devant la chambre de Raphaël, ce dernier gratte un peu sa guitare avec encore une cigarette à la bouche et son chat sur l'épaule, la porte entrebâillée.

– Ça fait plaisir de te revoir le psy !

Robby recule au niveau de la porte et lui sourit.

– Tu as l'air d'aller mieux... Comment va Alina ?

– Elle va bien. Elle aimerait construire quelque chose–. Mais je serai dangereux pour elle, avec tous les cinglés que l'on combat.

– C'est vrai... mais d'un autre côté ça te ferait du bien. Quand on a pas ou plus de famille, on s'en construit une !

Raphaël hoche la tête, l'air de réfléchir. Robby lui souhaite une bonne nuit.

Le lendemain après-midi, Léo débarque devant le théâtre dans un cabriolet décapotable. Carrosserie bleu chromé, sièges en cuir noir, tableau de bord blanc nacré, système de commande numérique avec certainement d'autres gadgets qui vont avec.

– Ouaaah j'peux la conduire, demande avec insistance Raphaël ?

– N'y penses même pas Mister nicotine, rétorque Léo !
– Tu n'aurais pas une voiture plus discrète, dit Robby ?!
Franchement et si on se fait contrôler ?! »
– Je suis d'accord ce n'est pas prudent, confirme le pasteur.
Prenons celle de Robby.
– Eeeh les gars je ne suis pas venu avec pour rien ! Je
connais du monde, rassure Léo. Montez, je rabats la
capote si ça vous rassure.
– Non jamais de capote pour moi, indique Raphaël !
Ryo lui met une tape derrière la tête, Robby rigole en
soupirant. Léo démarre, à côté de lui est assis Robby,
derrière ce dernier Ryo, et Raphaël derrière Léo. L'ancien
consultant indique l'adresse au chauffeur, qui reconnaît
l'adresse du commissaire.

*
* *

Ils roulent tranquillement sur l'Autoroute A13 en
direction de Versailles tout en discutant. La route défile et
après vingt minutes de trajet, Raphaël s'attarde sur un bus.
– Il y a un problème avec ce bus. Il y a des terroristes dans
ce bus !
– Ils ont passé Speed hier soir, ironise Ryo ?
– Non putain regardez !
Le bus scolaire long de plusieurs mètres contient une
vingtaine d'enfants et deux accompagnateurs, ainsi qu'un
individu cagoulé et armé à l'arrière. Celui-ci se retourne et
voit le cabriolet chromé se rapprocher du bus. Il brise la
vitre arrière et tire plusieurs rafales avec sa kalachnikov
sur la voiture des 4 compagnons. Les enfants à l'intérieur
hurlent de panique. Le cabriolet se rapproche du bus,

capote rabattue et Raphaël monte sur le capot en se tenant au pare-brise. Pendant que le terroriste recharge son arme, Léo accélère pour se coller à l'arrière du bus. À cette distance, Raphaël saute précipitamment. Pendant une demi-seconde il se demande s'il a sauté au bon moment.

Le choc est brutal, il s'accroche de justesse au rebord de la vitre. Des bouts de verres brisés lui rentrent dans les doigts. Le chauffeur fait vaciller le bus et le corps du rebelle percute violemment la paroi du bus ; malgré la douleur, il ne lâche pas prise. Avec beaucoup de difficulté, il réussit à s'introduire à bord de justesse. L'homme cagoulé tire une rafale sur Raphaël qui l'esquive en se jetant au sol. Ce dernier se fait très mal en retombant entre deux rangées de sièges très étroits. Les enfants continuent de crier. Raphaël ne peut toujours pas approcher le terroriste qui porte une ceinture d'explosifs autour de lui.
– Tu ne peux pas les sauver, déclare calmement l'individu cagoulé. Tu vas mourir avec eux.

Le rebelle sait qu'il doit gagner du temps, mais ne sait pas comment. Soudain, le bus ralentit. Plusieurs voitures s'agglutinent devant le bus, car il y a des travaux sur la voie, ce qui engendre plusieurs kilomètres de bouchon.
Raphaël en profite pour attraper le marteau brise-vitre de secours, et en chargeant son poing, brise une vitre latérale. Robby ne perd pas une seconde et entre dans le bus à l'arrêt. Le chauffeur se lève et pointe son fusil sur Raphaël quand Robby l'interrompt :
– Attendez avant de nous tirer dessus, je veux vous proposer quelque chose qui va quand même vous permettre de réussir votre plan.

Les deux terroristes chargent leur fusil et le pointent en direction du jeune homme aux lunettes noires.

« Je comprends votre colère, enchaîne-t-il d'une voix très calme. Vous avez préparé ce plan depuis plusieurs semaines et vous pensiez certainement que prendre ce bus en otage serait un jeu d'enfants. Sauf que vous avez oublié un détail crucial dans votre plan : les bouchons parisiens. C'est comme si vous construisiez les fondations d'une maison, que vous posiez de grands murs autour de cette maison, ainsi que des fenêtres en triple vitrage qui vous... empêchent d'entendre les bruits extérieurs et d'être...pleinement isolés de l'extérieur...juste concentrés sur ce qui se passe à l'intérieur de votre maison...MAINTENANT...et de continuer la construction de cette maison...afin de finir dans les temps... vous vous sentez pleinement chez vous… et c'est le SILENCE total...qui vous permet de rester concentré... »

Les deux terroristes sont complètement intrigués par ce que raconte le mentaliste. Pendant ce temps, Raphaël fait évacuer le plus rapidement possible les enfants et leurs accompagnateurs. Dehors, Ryo les réceptionne et leur demande de fuir à toute vitesse. Il reste encore une dizaine d'enfants à l'intérieur du bus. Après un petit silence, l'un des enfants fait tomber son sac à dos. Ce bruit sort de leur transe les deux terroristes, qui immédiatement se mettent à crier Allah Akbar ! Robby et Raphaël saisissent sans hésiter chacun un enfant dans leurs bras, même s'il en reste encore quelques-uns. Au même moment, Léo écarte la voiture du car et Ryo fait signe de fuir le bus tout de suite. Raphaël saute par la fenêtre située sur le côté tandis que Robby saute par la fenêtre arrière. L'explosion propulse en plein air une déflagration gigantesque, une énorme boule de feu submerge le bus qui explose. La carcasse laisse s'échapper d'immenses flammes et autres débris. Les deux hommes retombent brusquement au sol. Le dos et le t-shirt à manches longues de Raphaël ont brûlé, mais grâce à ses pouvoirs démoniaques, les flammes se sont vite dissipées. Malgré tout, son corps fume encore les vapeurs de l'explosion. Il demande à l'enfant s'il n'a rien et celui-ci lui fait signe que non. Accroupi, il tourne la tête et voit une chose horrible. Quelque chose qui le fige sur place.

Robby est au sol, il se roule par terre pour tenter d'éteindre le feu qui brûle son dos. Léo freine brusquement. Ryo saute par-dessus une voiture, enlève sa veste de costume et la plaque sur le dos de Robby pour étouffer les flammes. Sous les yeux terrifiés des enfants, Léo sort une mallette de secours de son coffre. Raphaël s'approche avec l'enfant dans ses bras, le dépose et lui dit que l'on va venir s'occuper de lui.

– Il faut l'emmener à l'hôpital, observe Léo qui réalise les premiers soins sur Robby ! On n'a pas le choix.

– On doit aller voir Charlotte, balbutie Raphaël la voix tremblante.

– Magnez-vous les gars, les flics arrivent.

Raphaël saisit les lunettes teintées qui sont restées à côté de Robby, et le monte dans la voiture. À l'arrière, le rebelle s'occupe de Robby et lui remet délicatement ses lunettes cassées. Malgré la douleur, Robby lui agrippe fortement son t-shirt, comme pour le remercier. Ryo, à l'avant à côté de Léo, prie et tente une invocation de magie blanche pour tenter de soulager Robby. Raphaël prend le portable de Robby et le donne à Ryo, pour qu'il cherche le numéro de Charlotte et l'appelle. Le pasteur explique la situation et Charlotte lui indique de passer par l'entrée des livraisons car personne ne pourra les remarquer. Léo, pied au plancher, roule à toute vitesse.

Arrivés à l'hôpital, Charlotte les rejoint dehors avec un brancard. Robby est immédiatement transporté en salle de soins. Elle leur demande de les attendre devant la salle tout en restant discrets. Raphaël a revêtu son cuir et Ryo a laissé sa veste à Robby. Léo regarde les deux hommes et leur fait signe que ça va aller, sans dire un mot. Une demi-heure plus tard, Raphaël s'impatiente. Léo pose sa main sur l'épaule du rebelle qui immédiatement le repousse, attrape le chauffeur de la cabriolet par le col et le soulève de plusieurs centimètres. La main du pasteur fait redescendre Léo. Raphaël, énervé, sort rapidement dans un couloir, rejoint par Ryo.

– Raph ! Viens voir, murmure Ryo pour rester discret. On ne pouvait rien faire de plus pour sauver tous les enfants. Ça me ronge aussi... Et tu es inquiet pour Robby.

Le visage de Raphaël est inondé de larmes. Il s'approche d'un casier en fer et met un coup de boule dedans. Il saigne au front mais reste stoïque.

– Du calme, ce n'est pas ta faute. On ne peut pas sauver tout le monde malheureusement, même si on fait notre maximum. Tu n'aurais pas pu l'empêcher pour Robby.

– Je sais... Je sais, sanglote Raphaël... Robby me l'avait dit aussi... Mais je ressens les souffrances de ces enfants juste avant et après leur mort. La souffrance de leurs âmes... C'est horrible... Vous pouvez pas savoir la douleur qui est dans ma tête à ce moment-là. Des bouts de leurs vies défilent avant qu'ils partent et j'assiste à tout. Et si je l'avais empêché de monter, ça ne serait pas arrivé !

Ryo reste silencieux quelques secondes. Il pose sa main sur l'épaule de Raphaël puis se met à prier.
– Merci Ryo.
- Tu devrais appeler Alina, ça te ferait du bien mais ne t'éloignes pas trop .

Après quelques minutes au téléphone, Raphaël revient dans la petite salle. Il semble ressaisi. Charlotte arrive l'air abattu. Il a été placé dans un coma artificiel. Brûlures au deuxième degré sur les deux épaules, un peu sur l'arrière du bras droit et tout le haut du dos. Des débris ont aussi pénétrés son cou au niveau des cervicales. Deux collègues qui vont assister Charlotte pour s'occuper de Robby. Pour la fiche médicale, une fausse identité a été spécialement prévue. Raphaël s'approche de Charlotte, lui prend les deux mains pour la remercier et s'en va. Léo la salue et s'en va, Ryo demande à la jeune femme de le tenir au courant en priorité, quelque soit l'heure. Il appelle Gosselin pour le prévenir de l'accident. Malgré ses blessures encore douloureuses avec l'hélicoptère, ce dernier était sur les lieux pour les constatations. Dans la soirée, il débarque à l'hôpital. Charlotte le conduit dans une des chambres de réanimation. L'ancien consultant de la police est intubé, une machine maintient sa respiration à la normale. Son torse est recouvert de bandages, et son visage nu n'exprime aucune émotion. Le bruit du moniteur cardiaque rythme l'ambiance de la chambre. Le commissaire pose sa main sur celle de Robby.

– C'est moi, Fils. Continue à te battre. Quand tes parents étaient encore là, tu étais le garçon le plus réservé que je connaisse. On te posait une question et tu restais nonchalant. Tu pouvais rester des heures ainsi silencieux. Il n'y avait qu'avec tes parents que tu étais un grand bavard. Et puis, quand tu étais au CM2, il y a eu un nouveau camarade qui est arrivé dans ta classe : Eliott. Et le pauvre garçon était moqué par tous ses camarades. Sauf toi. Contrairement aux autres, tu es allé le voir et vous êtes devenus amis. Et t'as toujours été comme ça. Quand plusieurs individus se moquaient d'une seule personne, tu t'es toujours tourné vers cette personne pour la protéger. Même si, ironie du sort, tu devais te retrouver seul. C'était ta manière de protéger les autres. Ça s'est révélé encore plus vrai quand tes parents sont partis. Je t'ai appris à te battre car je connaissais le monde dans lequel on vit et je ne voulais pas que tu sois désarmé. Tu as toujours voulu être le héros qui protège les autres de la souffrance. Parce que tu l'as bien connue. Et c'est pour ça que je sais que tu vas t'en sortir. Ce ne sont pas deux morceaux de verres et quelques brûlures qui vont te mettre à terre. Je le sais, parce que tu es mon fils. »

Le commissaire laisse échapper quelques larmes qui tombent sur son imperméable. Il s'installe sur le fauteuil en face du lit et s'endort pour le reste de la nuit.

CHAPITRE 16
Les attaches de Raphaël

Le vieux théâtre semble beaucoup moins animé malgré les nombreuses visites de Léo. Chaque fois que l'un des deux locataires passe devant la loge où s'est installé leur ami Robby, il reste immobile devant les cartons et ses nombreuses notes étalées par terre. A chaque repas, une chaise vide et une assiette sont toujours placées. Ryo a passé les trois derniers jours le nez devant sa bible et de nombreuses prières. Raphaël a préféré occuper son temps en nettoyant dehors sa moto et celle du pasteur deux fois. Le portable du pasteur se met à sonner. Raphaël grimpe sur le mur et passe par la fenêtre. Gosselin est au bout du fil ; Robby est sorti du coma depuis deux heures environ. Il leur demande de le rejoindre à l'hôpital. Raphaël saute tout joyeux et rassuré tandis que Ryo se prépare. Les deux hommes prêts chevauchent chacun leur moto. Le rebelle indique qu'il passe chercher Alina, ravi de pouvoir lui annoncer la bonne nouvelle.

*
* *

Les stores de la chambre laissent entrevoir quelques rayons de soleil dissimulés derrière de gros nuages à l'horizon. Celui qui est à peine sorti du coma est encore très fatigué mais demeure très lucide. Charlotte ouvre la porte en tenant dans ses mains une paire de lunettes noires.

— Merci beaucoup, souffle-t-il en posant avec difficulté ses nouvelles lunettes sur le nez.

— J'ai lu dans ton dossier à quel point tes lunettes te sont importantes, répond Charlotte.

— Tu es l'une des rares à connaître mon secret, confie-t-il en lui prenant la main. Même les garçons ne le savent pas encore.

Elle lui sourit. La porte s'ouvre et Robby relâche la main de Charlotte, qui repart faire son tour des malades. Ryo sert fort la main du mentaliste et pose son autre main sur son épaule, ce qui fait grimacer de douleur le mentaliste.

— Pas maintenant les marques d'attention viriles, marmonne Robby. Ça fait mal !

— Dieu merci, tu es de retour, dit le pasteur.

— Je ne l'ai pas vu mais je pense qu'il n'était pas loin.

Ryo est agréablement surpris et les deux hommes se sourient. Assis dans son lit, Robby demande où est Raphaël. Ryo lui indique qu'il arrive avec Alina. Quelques instants plus tard, Charlotte ouvre la porte en compagnie du rebelle en noir et de sa belle blonde. Raphaël est ému et il tend une boîte en cuir noir entourée d'un ruban. Robby

196

ouvre la boîte et s'aperçoit qu'il s'agit de lunettes de luxe teintées.

– Vous avez bien cerné mon style inimitable. Je crois que j'ai de quoi alterner selon mes tenues.

Alina salue le mentaliste, qui observe comment cette petite blonde taillée comme une guêpe et au style provocant agit sur l'homme en noir, tout en constatant son ami « Karaté Kid » pleinement apaisé. Charlotte demande alors à tout le monde de sortir car elle a encore des soins à prodiguer et le comateux a besoin de repos.

– Ouuuuh ça va être chaud entre eux, suggère le rebelle tout en prenant une claque derrière la tête de la part de Ryo.

*
* *

Le lendemain dans la journée, Alina décide d'aller rendre visite à Robby. Charlotte la laisse entrer dans la chambre de Robby, surpris de sa visite.

– Bonjour Alina, que me vaut ta visite ?

– Je vous ai apporté quelques préparations faites maison de ma sœur, continue-t-elle à avec un débit rapide. C'est calorique mais très bon ! Raphaël avait des choses à faire donc je suis venue par le bus toute seule. Ah oui, et pour les lunettes, Raphaël a oublié de vous donner la garantie et...

– Eh doucement, interrompt Robby ! Respire. Je comprends pourquoi ça passe bien entre vous, ça débite sans arrêt avec vous deux !

Alina sourit. Robby reprend :

– Merci pour tout. Dis-moi, comment tu as rencontré ton beau rebelle ?

– À l'époque j'avais dix-huit ans, raconte la jeune femme. J'étais livrée à moi-même, mon père était parti et ma mère noyait son chagrin dans l'alcool. Très vite, il a fallu que je paie les factures et ce qui rapportait de l'argent rapidement, c'était danser dans un nightclub. Un soir, un homme m'a proposé de tourner une scène... à plusieurs. C'était un producteur dans le X qui avait l'habitude de recruter des filles dans le club où je travaillais. Ce qu'il me proposait représentait l'équivalent d'un mois de salaire en tant que danseuse. J'ai accepté. J'étais dans une pièce et une quinzaine d'hommes était déjà là. J'avais déjà croisé Raphaël plusieurs fois avant. Il m'avait dit que je ne devais pas rester dans ce genre d'endroit. Et donc, il est arrivé dans cette grande salle où j'étais tétanisée. Il a collé une correction à tous les mecs présents et a collé le producteur contre le mur. Résultat : le producteur a déposé une plainte et c'est Ryo qui a arrangé l'affaire.

– C'est du Raph tout craché !

– Je voulais vous dire aussi qu'il vous apprécie beaucoup plus que ce qu'il veut bien montrer.

*
* *

Raphaël sort sa moto du vieux théâtre. Un peu plus loin, il entend de vieux jerricans vides tomber. Raphaël, surpris, pose son casque autour du guidon. En s'approchant, il voit un jeune garçon d'origine Africaine sortir à toute vitesse de derrière tous ces bidons. Le rebelle se met à le poursuivre en lui hurlant de s'arrêter. Le jeune fugueur, n'écoutant rien continue de filer à pas de géant. Une fois dépassé les vieilles ruelles vides et abandonnées qui entourent le théâtre, le garçon arrive près de la route où il récupère son vélo. Pris de panique, il déboule comme un fou sur une route déserte. Voulant esquiver une voiture qui débarque de nulle part, il s'encastre dans de vieilles poubelles abandonnées. Le conducteur descend rapidement ; il s'agit de Léo. Ce dernier s'inquiète pour l'enfant. Le rebelle arrive sur la scène quelques secondes après.

– Marcus ?? Qu'est-ce que tu fais là ?

– Tu le connais, demande le chauffeur ?

– Évidemment, c'est un de mes élèves qui venait à mon dojo ! Comment tu m'as trouvé ?

– Tu as sauvé mon frère il y a pas longtemps, marmonne Marcus d'une voix hésitante. Et quand il m'a décrit l'équipe qui avait sauvé les autres du bus, c'était tout ton portrait ! Et j'ai jamais cru que t'étais mort.

– Viens, on va discuter de tout ça à l'intérieur.

Raphaël l'invite à le suivre et rentre dans le théâtre. Assis à la table de cuisine, Raphaël lui prépare un chocolat chaud. Ryo arrive dans la cuisine et demande surpris, qui est ce jeune. Raphaël lui explique tout en détail. Ryo ramène un bandage et du désinfectant pour le mollet blessé de Marcus et le soigne.

– C'est votre repère ici alors ? demande le garçon. Ils sont où vos flingues ?

– De quoi tu parles gamin ? se défend Léo.

– Je sais bien que vous aidez les gens. T'as toujours été comme ça, Sensei.

– Il est pas con ce morveux ! Répond Léo.

– Morveux toi-même, connard !

Léo commence à s'énerver et ça fait rire le rebelle.

– Du calme, intervient Ryo ! Tu vois, il y a quelque années un enfant aurait demandé où sont planqués nos super costumes et nos gadgets, maintenant c'est les flingues !

– Ta mère est toujours malade ? questionne Raphaël. Et ton père ?

– Elle est retournée plusieurs fois à la clinique. Saloperie de tumeur ! Quant à mon père, il est retourné en prison...

– Maintenant que tu sais que je suis toujours là, t'as une deuxième maison, lui dit-il en lui tapant dans la main. Comment vont Logan, Mylène et les autres ?

– Ils vont bien, on continue à s'entraîner. Ce que tu nous as enseigné, j'ai rien oublié ! Par contre, c'est Clément qui fait n'importe quoi.

Intrigué, Raphaël lui demande plus d'explications. Marcus lui raconte alors tous les détails. Quelques semaines après leur disparition, Clément a commencé à changer de comportement. Déjà à l'époque du dojo, il parlait régulièrement à ses camarades de son appartenance à sa super association. Puis il en parlait de plus en plus. Au départ, il pensait à des nouveaux potes, mais à la fin d'un entraînement, son sac de sport a laissé tomber des livres avec des titres en anglais où étaient inscrits les mots « white power» . Les trois hommes se regardent l'air inquiet. Raphaël demande à Marcus s'il pourrait le conduire à l'adresse de cette association.

– Non, réprime Ryo ! Il faut contacter la police ! Pas d'action par nous-mêmes.

– Tu rêves, s'énerve le rebelle. Ça sent le truc d'extrême droite à plein nez ! Et depuis quand pas d'action par nous-même ?

– Nous intervenons là où la police a échoué ou n'est pas disponible. Pour cette affaire, laissons-les faire. On a de plus gros poissons à s'occuper.

– Ouais bah on peut s'occuper d'un p'tit poisson de temps en temps. Et sur ce coup, la police c'est moi !

– Génial c'est trop classe, admire Marcus !

Raphaël lui sourit.

– Joue pas au héros de film d'action. On sait comment ça finit avec toi, attaque Léo. Monsieur tout en noir avec ses convictions du héros inébranlable! Une vraie jaquette DVD, ce mec !

– T'es jaloux ? lance le rebelle avec un air taquin.

– Ça suffit, souffle Ryo en se frottant les yeux. Raphaël, tu me fatigues quand tu t'y mets ! Il faut justement faire la police avec toi, sinon ça part en vrille. Tes efforts sont de courte durée. Promets-moi que tu ne feras rien.

– Ouais ouais ça va. Je ferai rien.

En fin de journée, Marcus fait comprendre à Raphaël qu'il a faim. L'ancien professeur de karaté lui prépare alors un bon repas. En mangeant à table, Marcus tout content lâche à son prof discrètement l'adresse exacte de l'association d'extrême droite. Avant que Marcus ne reparte, Raphaël donne au garçon une baguette et trois boîtes de conserves. Il lui glisse également deux billets de cinquante euros dans la poche de son manteau. Accroupi à sa hauteur, Raphaël lui dit que c'est pour son frère et sa mère. Et qu'il peut revenir ici quand il veut à une seule condition : cacher leur existence au monde. Marcus le serre dans ses bras. L'adolescent part alors sur son vélo et son sac à dos, sourire aux lèvres en faisant signe à Raphaël, qui le regarde partir avec sa cigarette aux lèvres et son chat dans les bras.

CHAPITRE 17
Quand tout part en vrille...

22h16, avachi sur son lit la cigarette au bec, Raphaël regarde un dessin animé. Son téléphone sonne. Il s'agit de Robby qui lui demande s'il peut lui rapporter un des cartons contenant ses notes. Raphaël se rend alors dans la chambre de Robby, prend le petit carton indiqué et retourne dans sa chambre pour se préparer. Ryo passe devant la chambre.

– Où vas-tu ? Pas là où je pense j'espère ?

– Déjà t'es pas ma mère et je vais voir Robby. Si tu me crois pas, appelle-le.

Ryo reste sans voix, il demande confirmation à Robby par texto. Raphaël arrive devant l'hôpital calmement. Il se dirige dans le couloir inutilisé par le personnel soignant qui mène à la chambre secrète. Cette chambre est réservée aux personnalités politiques en cas de soins médicaux qui doivent être effectués en toute discrétion. Charlotte a depuis le début eu la bonne idée d'y installer le mentaliste. Elle ouvre la porte au rebelle.

– Bah alors ma poule, tu vas mieux toi ! Si tu veux tes notes, c'est que ça va mieux, en lui tapant dans la main ! lance Raphaël à Robby.

– Bien vu l'artiste, mais je dois encore garder le lit. J'ai des débris de verre dans le cou, et la motricité de ce dernier et de mes bras reste douloureuse.

– Prends le temps de te reposer, et après on retourne casser du démon !

– Tu sais, de temps en temps j'aimerais revenir à une vie plus paisible. Au fait, Alina est venue me voir. Une fille dévouée comme ça, faut pas que tu la lâches ! Une vie plus calme te ferait du bien. Mais en même temps, si on défend pas les innocents, qui le fera ?

– J'aime beaucoup Alina mais elle me fait peur des fois à vouloir me rendre sage ! Mais bien parlé, il faut bien des défenseurs de la terre !

– Doucement l'artiste, ne t'emballes pas. On a du boulot c'est vrai mais il faut que l'on prenne aussi le temps d'évoluer, tu vois de quoi je parle ? Tu te souviens toute cette colère avec laquelle tu m'as combattu la première fois qu'on s'est vus ? Il faut la faire taire, sinon elle risque de te tuer toi ou des personnes autour de toi.

– Je sais ne t'en fais pas le psy. J'y travaille, balbutie Raphaël en regardant son portable totalement absorbé.

– Tu as reçu des photos intéressantes ? »
Raphaël se met à rire.

– Allez file et merci pour mes notes.

En marchant dans le couloir, le rebelle regarde des photos qu'Alina lui a envoyées. En sortant de l'hôpital, il se dit qu'il va faire un détour vu les propositions qu'elle lui a faites.

*
* *

En roulant sur sa moto, le rebelle passe près de la vieille zone commerciale. Il ralentit puis s'arrête. Il fixe ce fameux immeuble donc Marcus lui a parlé. La colère traverse tout son corps jusque dans ses poings. L'appel des coups, de la bagarre. En s'approchant, il constate que l'on aperçoit de légères lumières à travers les panneaux en bois qui ont été cloués aux fenêtres. Le choix est vite fait dans la tête de Raphaël et dans ses tripes : l'appel de la violence est plus fort que celui des plaisirs de la chair. Il envoie un SMS à Alina puis gare sa moto pas loin de l'entrée de l'immeuble. Raphaël se répète plusieurs fois tout bas : « Cette fois-ci, foire pas ton infiltration » . Il se cache derrière un mur près de l'immeuble. Il fait très sombre et les lumières des lampadaires ont été cassées pour ne pas attirer l'attention. Des hommes et des femmes skinhead entrent et sortent du vieil immeuble. Ça s'agite beaucoup à l'intérieur : de la musique forte, des cris qui prônent la race supérieure. Raphaël s'avance alors vers l'entrée tranquillement. Il se dit que sa boucle d'oreille et son long imper noir vont le fondre dans la masse. Un skinhead avec le symbole Totenkopf sur le col, l'air menaçant et méfiant, lui demande qui il est et ce qu'il fait ici. Raphaël lui dit ce qu'il veut entendre, qu'il vient servir la cause. Le skin est rassuré et le guide à l'intérieur. Il lui sert même à boire après l'avoir fouillé, heureusement le rebelle n'a pas pris

205

ses berettas. Des runes[21] d'Odal[22] et autres Sieg Rune[23] couvrent le cou et les bras de toutes les personnes que Raphaël croise. De grands tableaux et posters du troisième Reich jonchent les murs ainsi que des photos en vitrines d'agression de hippies, homosexuels, juifs et musulmans sont mis en valeur comme des trophées. Raphaël explore les lieux et repère deux grands bureaux à l'étage dont la vue donne sur tout le rez-de-chaussée. À vue d'œil, il semble y avoir deux grands chefs. Le rebelle a vu ce qu'il voulait voir. Au fond de lui, il sait qu'il ne devrait pas s'en mêler et laisser intervenir la police. Pour une fois, il semble raisonnable. Il salue les skins autour de lui et s'en va. En chevauchant sa moto, il se dit qu'il aurait dû quand même faire quelque chose. Malgré cette idée, il décide de rentrer au théâtre.

*

* *

21Rune : alphabet qui fut utilisé pour l'écriture de langues germaniques par des peuples parlant ces langues, tels les Scandinaves, les Frisons, les Anglo-Saxons, etc. Il existe aussi des runes hongroises et des runes turques, deux systèmes indépendants.

22Rune d'Odal : dernière rune du Futhark (autre nom de l'alphabet runique) et la huitième de la famille de Tīwaz. Elle est précédée de Dagaz et signifie « famille ». Pendant la Seconde Guerre mondiale, la rune Ōþalan fut utilisée en Allemagne par les 7e division SS de volontaires de montagne Prinz Eugen et 23e division SS de volontaires néerlandais, le Bureau pour la race et le peuplement (RuSHA), ainsi que, inversée, par le parti collaborationniste français RNP; elle est aujourd'hui encore associée au nazisme, généralement sous le nom de **rune d'Odal** tirée du nom norrois.

23Sieg Rune : seizième rune du Futhark et la huitième de la famille de Hagalaz. Elle est précédée d'Algiz et suivie de Tiwaz. Elle désigne la personnification du Soleil, Sól. Emprunté à la mystique völkisch, la rune est un des symboles les plus utilisés par le régime national-socialiste (à travers ses trois plus pléthoriques organisations), sous le nom de Sieg rune (rune de la Victoire). La Sieg rune est aussi un des principaux emblèmes de la Jeunesse hitlérienne.

Dans sa chambre, il fait les cent pas. Nerveux, tremblant et ruminant la même idée depuis des heures, il sort discrètement de sa vieille armoire deux uzis 9 mm. Il les range dans sa ceinture sous les épaules. Il revêt sa veste en cuir dans laquelle il cache une grenade et sort de sa chambre en marchant à pas de loup. Au même moment, Ryo dans le salon entend le bruit des planches qui craquent et se dirige vers la chambre. À peine Ryo se met à ouvrir la bouche que Raphaël le bouscule et se met à courir casque au bras et mains gantées. Le pasteur ne parvient pas à le rattraper, ni à obtenir des explications. Raphaël démarre sur les chapeaux de roues. Quelques minutes plus tard, il arrive casqué près de l'entrée de l'immeuble. Pour forcer l'entrée gardée par deux skins armés jusqu'aux dents, le rebelle sort calmement la grenade fumigène de sa poche, la dégoupille et la lance. L'explosion de fumée crée la surprise, les gorilles dégainent leurs armes. Raphaël avance avec sa moto dans l'écran de fumée jusqu'à la porte. Il pointe son uzi* sur la carotide d'un skin qui lui ouvre la porte sans discuter. Raphaël l'envoie voltiger d'un coup de pied tout en restant sur sa moto. Une fois dans le hall, il se souvient avoir constaté à sa première venue que l'entrée du deuxième hall se fait par une porte en verre gravée d'une croix gammée. Il défonce la porte avec son engin. Tous les individus à l'intérieur de l'immeuble sont alertés par le bruit et la vision de cette croix gammée, qui vole en éclat dans tous les sens dans un énorme fracas, avec un type habillé en noir sur cette moto bruyante. La foule se partage entre ceux qui cherchent la confrontation et les fuyards. Plusieurs d'entre eux dégainent leurs armes. Au même moment, Raphaël glisse avec sa moto sur plusieurs mètres faisant tomber plusieurs skins. Il redresse sa moto, en descend et se dirige vers les bureaux. Une vingtaine de skins, hommes et femmes confondus, ouvrent le feu sur l'homme au casque noir qui esquive les balles comme il peut, en courant dans les escaliers et monte à l'étage. Arrivé en haut, un gros gorille qui protège l'entrée du premier bureau saisit Raphaël, le soulève et l'envoie voltiger brutalement dans un meuble. Raphaël se relève et décoche un bon gros coup de pied retourné qui envoie le gorille dégringoler dans les escaliers. Défonçant la porte à coup de pied, le rebelle se retrouve face à face avec l'un des grands chefs. Il enlève son casque et le braque avec son Uzi. En face, son adversaire fait de même avec son Walther P.38. En bas tout le monde regarde la scène depuis la vitre du bureau. Personne n'ose bouger.

– On va faire vite car j'ai pas fait dans la finesse, sort Raphaël. Tu gangrènes les jeunes avec tes saloperies nazies et tes idées homophobes. Ça se prend pour des durs qui ont tout compris à la vie mais rien qu'un enfoiré de plus. C'est pour ça que je viens t'ôter la vie.

– Mon pauvre ami tu t'es fait avoir, rit aux éclats l'homme aux multiples tatouages sur le crâne. Ils nous font passer pour les méchants mais c'est faux, nous sommes la race sup...

Hartmann est interrompu par une rafale de Uzi en pleine tête et s'écroule au sol. À travers la vitre qui donne sur le deuxième bureau, Raphaël abat froidement le deuxième chef néo-nazi. En bas, ça s'agite. Le rebelle tire une rafale dans la vitre qui donne dans le hall d'en bas. Les skins en bas vident leurs chargeurs. Raphaël reste à couvert puis se relève. Il s'approche du rebord.

– Vous devez sûrement me détester. Moi aussi. C'est le cercle vicieux de la haine, c'est une belle merde qui vous ronge l'esprit et vous donne l'illusion d'être fort. Pourquoi vous ne pouvez pas blairer votre voisin qui est pédé ou encore votre voisine car vous l'avez vu sortir d'une synagogue ou d'une mosquée ? Cette haine de la différence vient de quelque chose au fond de vous qui vous a laissé des traces, une douleur grandissante. Moi aussi j'ai de la colère car ma mère n'est plus là, mais je ne m'en prends à personne parce qu'ils sont différents. Un jour, vous vous regarderez dans une glace et vous cacherez cette croix gammée avec votre main, vous en aurez honte et elle sera lourde. Trouvez-vous une vraie cause, ne suivez pas des racistes qui se jouent de votre ignorance et de votre souffrance pour ramasser du fric et propager leurs mensonges.

En bas tout le monde écoute, surpris, abasourdi. Après avoir remis son casque, en descendant l'escalier Raphaël arrache un cadre du mur avec une photo d'Hitler. En passant entre les skins déboussolés qui le laissent passer, quelques uns se jettent sur le rebelle qui les repousse et les projette au sol. Le rebelle relève sa moto puis arrivé près de la sortie, les regarde tous et démarre sa moto. Dehors, le rebelle voit tous ces skins s'échapper. Léo arrive en voiture avec Ryo. Le pasteur descend agacé et se dirige vers Raphaël.

– Qu'est-ce que tu es venu faire ici on va encore avoir des problèmes ! À cause de toi comme d'habitude ! Un jour ton tempérament nous jouera des tours.

– Ooh oooh ça va hein ! Fous-moi la paix tu veux, hausse le ton Raphaël ! Je les ai juste fait cogiter.

– Si je n'avais pas dérouté un appel vers la police ça grouillerait de flics, indique Léo. D'ailleurs on ne devrait pas s'éterniser ici et j'espère que tu n'as laissé aucune emprunte !

– Toi tu leur as fait la morale, enchaîne Ryo ?! Ne me fais pas rire. Tu peux pas tuer n'importe qui sans être sûr qu'il le mérite ou non. Et puis on est personne pour décider de ça ! Tu prétends jouer au justicier pour tuer. Poses-toi la question : en les tuant, est-ce que tu enlèves ou tu ajoutes du mal dans le monde ?

– Ils le méritaient largement, termine Raphaël.

Il monte sur sa moto rayée et repart comme si de rien n'était. Léo et Ryo en font de même. Pendant le trajet les deux hommes discutent. Sur la route, Ryo et Léo croisent des voitures de police allant à toute vitesse, sirènes en marche, en direction de l'immeuble. Le rebelle se réfugie chez Alina pour échapper aux leçons de morale.

*
* *

Après deux jours chez la mère d'Alina, les deux tourtereaux repartent vers 1h30 du matin direction Paris. La pluie commence à tomber fortement. Dans la voiture les deux tourtereaux rigolent et se taquinent. Après plusieurs minutes de route, ils aperçoivent les pompiers qui jonchent la route ; deux voitures se sont percutées violemment sans doute à cause du mauvais temps. Un pompier s'approche de la voiture qui ralentit et s'adresse au rebelle. Il explique qu'ils peuvent rattraper la route en passant par le chemin de terre quelques mètres en arrière. Raphaël le remercie et la voiture emprunte un chemin à travers les bois sous les yeux immobiles du pompier. Le chemin est très boueux, la pluie s'accentue, le tonnerre et les éclairs font leur apparition. Il fait de plus en plus noir et le chemin commence à devenir impraticable. Raphaël décide de se garer le temps que cette étrange tempête passe. Le moteur et les phares éteints, Alina s'assoit sur les genoux de son compagnon qui commence à lui ouvrir son manteau puis glisse sa main dans le haut de la petite blonde. Elle commence à retirer ses talons et glisse sa main dans le jean en cuir. La pluie tombe à torrents dehors. Les deux amoureux s'étreignent fortement. Alina en pleine extase avec deux doigts de Raphaël dans sa bouche en levant la tête, Raphaël profite de l'instant pour prendre un maximum de plaisir et glisse sa main sur les hanches de la jeune femme qui...

La vitre avant côté conducteur se brise subitement et une main sombre vient se glisser sur le cou de la belle blonde. Cette dernière est saisie brutalement par le cou. Ne pouvant pas crier, elle est projetée hors de la voiture. Un démon avec une deuxième tête démoniaque sur l'estomac, deux grandes ailes et des cornes arrache la portière et sort l'homme en cuir. Un grand et fin mage noir regarde la scène, accompagné d'un homme chauve. Raphaël n'y voit pas grand-chose avec toute cette eau qui tombe, seuls quelques éclairs permettent d'apercevoir ce qui se passe. Il tente de se diriger vers Alina mais quatre sbires, habillés de noir avec une tête où seul des yeux sont présents sans bouche et les doigts pleins de griffes, l'attrapent par les bras et le mettent à genoux. Le jeune homme se débat de toutes ses forces, mais rien n'y fait : son énergie vitale semble s'être dissipée. Un sbire lui attrape la tête par les cheveux et l'encastre dans un phare de la voiture, qui se casse. Le rebelle a des bouts de plastiques enfoncés dans le visage et dans l'œil. La pluie accélère l'écoulement du sang. Les sbires le dirigent vers le grand mage noir. Ce dernier se met à la hauteur du rebelle et approche son visage près du sien. Bien que déboussolé, Raphaël lui crache du sang qui ne semble pas atteindre le mage. Ce dernier laisse place à un homme en costume sorti de la pénombre accompagné de ce qui semble être un garde du corps qui lui tient un parapluie et s'approche doucement.

– Bonsoir Raphaël, s'exprime-t-il avec une voix grave, posée et un accent. Est-ce que tu as une idée de qui je suis ?

Raphaël le regarde avec son œil intact et l'autre rempli de sang. Il ne comprend pas qui peut être cet homme. L'homme au costume, après quelques secondes de silence, reprend.

– Il y a un mois, tu as assassiné quelqu'un qui m'était très cher. Puis il y a quelques jours, tu as exécuté deux hommes importants qui travaillaient pour moi. Alors, tu ne vois toujours pas ?

Raphaël réfléchit comme il peut au milieu de tout ce bazar. Quand la lumière des éclairs apparaît, il fixe les yeux de cet homme. Ce regard, ce visage et cet accent ressemblent à celui d'Erwin. Il n'y croit pas, il est complètement perdu.

– Tu m'as ôté des personnes chères, à mon tour maintenant. Ne cherche pas à nous éliminer, toi ou tes chers amis. D'ailleurs, nous leurs rendrons visite très bientôt. Vous ne pouvez pas nous tuer, nous sommes légion.

Il assène un énorme coup dans la poitrine de Raphaël, puis un deuxième et un troisième dans le visage. Il l'attrape par les cheveux et dirige sa main en montrant Alina à moitié dénudée, la tête en bas et tenue par la cheville par cet immense démon qui respire fort. Sa bave dégouline le long des jambes d'Alina et il la regarde avec ses yeux luisants, rougeâtres et pervers. L'homme chauve se dirige tranquillement vers Alina. Le rebelle ne peut toujours rien faire, paralysé et maintenu par ces quatre sbires. Ce chauve ressemble un peu à un sorcier. Il passe sa main près du visage d'Alina. Sa main, qui dégage une aura violette, passe près de la poitrine d'Alina qui se débat et crie de toutes ses forces. En continuant à remonter près de son ventre, on entend à nouveau des battements très petits mais audibles tout de même. L'homme chauve se met à rire en regardant Raphaël et met un énorme coup-de-poing dans le ventre d'Alina, qui perd presque connaissance.

– Plus il sera haineux, plus il nous sera utile, s'adresse discrètement le sorcier en s'écartant au mage noir.

Raphaël se met à pleurer et hurle de toutes ses forces. Le démon amène la jeune femme près de la voiture. Elle fixe le rebelle, les yeux à moitié retournés.

– ...je t'aime, dit-elle très affaiblie et presque à bout de souffle.

Le mage noir pose sa main aux longs doigts fins et pointus sur la bouche du rebelle afin de l'empêcher de répondre. Le démon balance Alina dans la voiture et pose délicatement sa main sur l'un des sièges. De la fumée commence à s'échapper de sa main et en quelques secondes la jeune femme et la voiture s'embrasent et brûlent intégralement sous les yeux de Raphaël. Alina n'a pas le temps de crier. Toutes les forces démoniaques disparaissent en un rien de temps. La pression qui l'empêchait d'agir laisse place maintenant à une pluie de larmes mêlée de sang. Il ne voit presque rien et il est seul. Face à cette voiture qui brûle, il s'approche lentement de la voiture en flammes et pose ses mains sur le toit. Les sanglots d'eau et de sang coulent toujours le long de ses joues. Ses mains prennent feu, mais à cause de ses pouvoirs démoniaques, il ne ressent aucune brûlure.

– Pardonne-moi...

CHAPITRE 18
Sorties de route

3h48. Robby se réveille en sursaut dans sa chambre d'hôpital. Il vient de voir d'étranges images dans son cauchemar. Perturbé comme rarement, il sonne Charlotte. Elle lui demande ce qu'il se passe car elle ne l'a jamais vu si contrarié, lui qui d'habitude est toujours serein et contrôle la situation.

– Il y avait une voiture en flammes, un homme devant puis une ambulance en feu. C'était très rapide comme des flashs et ça avait l'air tellement réel, débite le mentaliste.

– Le coma peut laisser quelques séquelles cérébrales.

Robby entend l'orage dehors. Deux minutes après, son téléphone sonne. Il décroche, inquiet de voir le nom du rebelle.

– Ils l'ont tuée, ces enfoirés ! Ils l'ont tuée, hurle au bout du fil la voix sanglotante et désespérée de Raphaël ! J'ai rien pu faire. Ne cherchez pas à me trouver... Soyez prudents car ils veulent tous nous tuer. Tu dois te barrer de l'hosto tout de suite. Merci pour ce que vous avez fait toi et Padré...

À peine le temps d'ouvrir la bouche que Raphaël a déjà raccroché. Le mentaliste reste silencieux, abasourdi par ce qu'il vient d'entendre sous les yeux inquiets de l'espionne sous couverture. Robby reste silencieux et décide d'appeler Ryo. Au moment où il va dans le répertoire de son téléphone, Gosselin l'appelle.

– Fils, une voiture a brûlé dans un chemin près de la route 73. Je suis sur place, les pompiers sont là également mais le problème c'est que malgré leurs lances et toute cette pluie le feu ne s'éteint pas. La voiture vient d'être identifiée : elle appartient à Alina.

Le mentaliste vient de comprendre que ce n'était pas un cauchemar. Au même moment au théâtre, le portable de Ryo sonne. Au bout du fil, il entend Raphaël en sanglots pendant plusieurs secondes, puis ça raccroche. Ryo tente à plusieurs reprises de le rappeler mais sans succès, il tombe directement sur sa messagerie. L'homme de foi et le mentaliste se téléphonent.

– Il faut qu'on bouge Ryo. Je crois qu'Alina a été assassinée. Raphaël m'a appelé en panique, des gens sont après nous.

– Seigneur... J'avais cette mauvaise impression depuis quelques jours. Écoute, ne bouges pas, je viens te chercher avec Léo. Ryo envoie un SMS à Léo.

« Rejoins-moi immédiatement à l'hôpital,
il y a un gros problème c'est très grave »

Il pense à se changer rapidement et cherche quelque chose de discret. Lisant le SMS tout en buvant son café devant son ordinateur, Léo en crache la moitié sur son écran. En jogging et t-shirt, il fonce au parking de l'hôtel. L'ex-militaire roule à toute allure sous ce torrent de pluie.

*

* *

4h33. Des démons d'apparence mince, habillés tout en noir, apparaissent subitement en forçant la porte de l'hôpital. D'autres arrivent en passant par les fenêtres, les brisant. Ils attaquent sauvagement le personnel soignant et les patients sans faire de distinction. Ils arpentent les couloirs de l'établissement alors que les gens cherchent à les fuir à tout prix. La panique s'installe. Soudain, un homme habillé avec un sweat zippé à capuche noir cachant son visage et un jean noir, arrive dans l'hôpital. Les démons se tournent et courent vers lui. Sans dire mot, il en balance un contre un mur avec un crochet du droit, en empoigne un autre et le balance contre deux autres, les faisant tomber comme des quilles. Telle une ombre, l'homme mystérieux fonce dans les couloirs tout en mettant à terre des dizaines de démons, avant de les désintégrer en leur lançant des rayons. Il monte à des étages tout en faisant tomber des démons. Dans le combat, certains murs sont détruits. Juste avant l'étage menant à celui de Robby, l'homme en noir tombe sur des démons plus musclés. L'un d'eux le saisit au col mais l'homme mystérieux le repousse avec un coup de pied au ventre, le faisant lâcher prise avant de se faire désintégrer par un nouveau rayon. L'homme se fait frapper à répétition par quatre démons en même temps mais en attrape un par la jambe, la découpe avec un coup du tranchant de la main

217

chargé d'énergie lumineuse, et l'achève avec un coup-de-poing transperçant le démon. Les trois autres êtres démoniaques sont affolés, mais l'homme encapuchonné fait un signe avec la main comme s'il appuyait sur une détente de revolver, tirant alors une décharge d'énergie détruisant les démons. Les murs se couvrent du sang des créatures et certains murs sont mêmes troués.

– J'espère que le service de ménage ne m'en voudra pas, se dit l'homme à la capuche.

Il monte un étage de plus et s'approche de la chambre de Robby. Quand tout d'un coup, un être maléfique arrive par une fenêtre qu'il explose en faisant reculer l'homme en noir, qui se couvre les yeux avec ses bras en croix. Ce dernier enlève ses bras de devant son visage et aperçoit l'être : un démon plus musclé, d'apparence humanoïde mais avec des cheveux d'un rouge enflammé, des yeux noirs, vêtu d'un pantalon noir.

– Toujours à nous pourrir nos plans ! crache le démon.

– Toujours à me pourrir la vie bande de chacals, répond l'homme en noir.

L'homme en noir balance un rapide crochet du droit sur le démon, le faisant légèrement reculer, avant d'enchaîner un coup de pied circulaire sauté. Le démon s'énerve et fonce sur l'homme en noir, qui pare ses coups mais finit par tomber avant de se faire écraser le ventre par le pied du démon. L'homme serre les dents, concentre l'énergie dans son poing et arrache la jambe du démon, qui se tord de douleur. Il se relève mais une autre jambe repousse, ce qui interpelle l'homme sans le choquer.

– Je connais ce genre de démons.

Un long combat s'ensuit entre le démon et l'homme en noir, sans que ce dernier ne puisse prendre l'avantage. Il commence à fatiguer. À un moment, le démon se concentre, les mains en l'air comme pour invoquer une boule d'énergie noire. À cet instant, l'homme en noir se dit « maintenant ! » et tire un rayon d'énergie sacrée sur le front du démon, coupant l'attaque de ce dernier et le faisant tituber.

– Le noyau dans votre cerveau est votre point faible, dit-il en soufflant sur le doigt qui a tiré le rayon !

L'homme pétarade de coups-de-poing la tête du démon avant d'utiliser une sphère d'énergie dessus, le vaporisant enfin. Pendant ce temps, dans la chambre de Robby.

– Y a de l'agitation dehors. Dis-moi ma belle, tu peux m'aider à enfiler mon jean ? Parce que les blouses d'hôpital, c'est pas très pudique !

L'homme à la capuche entre dans la chambre, enlève sa capuche et prend en flagrant délit Robby assis sur le bord de son lit et Charlotte qui tient son pantalon au niveau des genoux.

– C'est pas très chrétien ce que vous êtes en train de faire, observe Ryo l'air gêné.

– Viens m'aider à me redresser, car je peux pas le faire tout seul. Et allons-nous-en !

Ryo aide Charlotte à lever Robby de son lit, il est encore affaibli. Un énorme fracas venant d'en haut se fait entendre, accompagné de gros tremblements. Ils sont secoués et une partie du mobilier s'est renversée. Ils sortent et avancent aussi vite qu'ils le peuvent dans les couloirs. Ryo s'approche d'une fenêtre et voit des êtres démoniaques tout détruire et s'en prendre à tout ce qui bouge. Après avoir avancé sur quelques mètres, de nouveaux démons prennent d'assaut l'établissement hospitalier. Un grand démon est parmi eux, un visage très fin, regard perçant, une allure musclée et une lame à la place de sa main droite. Il s'en sert pour assener d'énormes coups dans les murs qui ne résistent pas. Il tranche aussi des patients et autres médecins qui tentent de s'enfuir. Ryo demande à Charlotte de s'occuper de Robby et de rester dans la chambre. Il part s'occuper de cette abomination. Ryo sort de la chambre et se fait empoigner subitement par un des sbires noir et vert kaki. Ceux-ci ressemblent à des insectes et possèdent une grande bouche avec plusieurs dents sur différentes mâchoires, avec un gros œil immonde au milieu de leur visage. Ryo le saisit et le balance à travers la vitre d'une salle d'attente. Pour une raison inconnue, la sirène d'incendie se met en marche et les extincteurs automatiques se déclenchent. L'homme de foi se tient face à ce démon plus agressif que jamais et à tous ses sbires. Sous toute cette eau, il fonce vers eux. Il balaye avec des coups de pieds sautés plusieurs des sbires. Le monstre attaque Ryo avec des coups tranchants de son bras droit, le pasteur les évite et contre-attaque avec plusieurs coups-de-poing et pieds esquivés par le démon. Ce dernier balance un rayon des yeux repoussant violemment Ryo sur une dizaine de mètres. Il encaisse le coup, tombe et se relève difficilement. Le pasteur se dit que cet ennemi va être plus difficile à battre que prévu. Le démon charge et lance un autre rayon que Ryo évite en se plaçant sur le côté pour ensuite tirer un puissant rayon d'énergie sacrée sur le démon, qui est touché et recule en glissant en arrière. Ryo fonce et effectue un puissant coup de pied sauté droit fulgurant à la tête du démon, le sonnant. Il balance une ribambelle de coups-de-poing le faisant passer violemment par une porte du couloir.

Le monstre fonce sur Ryo et finit sa course avec un coup de boule qui sonne le pasteur. Ce dernier se reprend mais doit éviter une série de coups effectuée par le démon avec son bras-lame. La lame frôle l'homme de Dieu à quelques reprises, ce dernier riposte par plusieurs coups-de-poing. Pendant plusieurs minutes aucun n'a l'avantage, mais le démon se fatigue moins facilement que Ryo. Ce dernier concentre l'énergie dans son poing jusqu'à balancer un rayon d'énergie sacrée qui percute le monstre et l'emporte. Ryo est épuisé. Il se reprend et retourne dans la chambre de Robby.

– Charlotte, aide-moi à le porter, partons vite ! Je ne suis pas sûr que ma dernière attaque ait réussi à pulvériser le démon, s'inquiète Ryo.

Ryo et Charlotte portent Robby dans les couloirs de l'hôpital. Léo arrive sur le parking. Des sbires retiennent deux ambulanciers qu'ils poussent en direction de la voiture de Léo. Afin d'esquiver les deux ambulanciers retenus par les sbires, Léo se dévie sur le côté à pleine vitesse et percute le muret de la barrière d'entrée. Sa voiture est projetée dans les airs où elle se retourne et retombe couchée sur le toit. Léo est inconscient, débris de verre partout sur lui, saignant du nez. Voiture fumante. Une dizaine de sbires se jette sur lui. Dans les étages, Charlotte se fait attraper par des sbires et le fameux sorcier apparaît. Ryo lâche Robby qui s'écroule et se débarrasse de quelques sbires mais c'est insuffisant. Pour amener le pasteur vers lui, le mage noir utilise ses pouvoirs. Robby, allongé par terre, voit sa charmante espionne se faire embarquer sans qu'il puisse agir, trop faible pour faire quoi que ce soit. Ryo relève Robby et ils descendent les escaliers. Arrivés dehors, le jour est presque levé mais il fait encore sombre. La pluie a cessé. Des gravats de béton sont éparpillés un peu partout. Des flammes parsèment le parking et le hall. Un gros cratère se situe en haut de l'hôpital, sûrement là où le démon a fait son entrée. Passant par les urgences, les deux hommes avancent au milieu de tous ces gravats et cadavres découpés. En passant à côté d'une ambulance en feu, ils aperçoivent avec peur que le démon est déjà de retour, en train de les regarder avec sa lame dégoulinante de sang et entouré de ses pantins. Robby n'a plus de force et Ryo n'en peut plus. En dehors du parking, au-dessus des murs et des buissons, on peut entendre des sirènes de police et des forces spéciales. Le sorcier situé sur le toit lève la main et projette une sorte de bouclier invisible qui empêche les forces de l'ordre d'intervenir. Robby affaibli par la douleur, fait remarquer que Raphaël ne serait pas de trop. Ryo lui fait signe de tête que oui. L'ambulance qu'ils ont dépassée explose dans un énorme fracas projetant plusieurs débris et renverse en avant les deux hommes au sol. En face d'eux, le démon se rapproche de plus en plus. Ses pas résonnent fortement. Ryo se relève avec d'énormes difficultés en tenant le bras du mentaliste.

– Allez Robby, ressaisis-toi bordel ! supplie le pasteur.

– Tu... tu jures ? Ça va vraiment mal alors !

D'autres bras l'aident à relever Robby... les bras d'une femme qui sort de nulle part.

– Ophélia, s'étonne Ryo ???

– Mon fantasme qui me soutient, s'exclame Robby qui cherche à comprendre ce qu'il se passe tant bien que mal.

– Je ne suis pas là pour vous aider, explique la jeune femme au cobra. J'ai besoin de mon frère pour comprendre certaines choses. Et cette nuit j'ai ressenti sa détresse.

Une onde lancée par le démon les fait tomber tous les trois sur le bitume et les gravats volent. Robby sert sa main dans celles de Ryo et d'Ophélia. Ils se regardent tous et l'odeur de la mort est bien là. Pourtant, Ryo lâche avec détermination :

« Ne perdons pas espoir... »

À SUIVRE...
TO BE CONTINUED...!

<u>Retrouvez les Gardiens de l'Espoir</u> :

- sur Facebook :

    https://www.facebook.com/GardiensEspoir/

- sur le site officiel :

    https://lesgardiensdelespoir.com/

- et écrivez-nous à :

    contact@lesgardiensdelespoir.com

Impression :
BoD– Book On Demand
Norderstedt, Allemagne